Zum Text:
Die städtische Angestellte im Rathaus erhält von ihren Vorgesetzten einen ungewöhnlichen Auftrag. Dabei gerät sie in ein unerwartetes persönliches und politisches Abenteuer. Ein pensionierter Architekt erfährt durch einen Arbeitslosen von einem Kunstdiebstahl, in dem auch die Strippenzieher der Stadt eine Rolle spielen. Der Polizist aus dem Osten, der seine neue Heimat ebenso liebt wie die junge Marktfrau, wird plötzlich mit dem Verschwinden der jungen Frau konfrontiert. Musiker und Bettler in der Fußgängerzone, ein Donjuan als Wachmann, eine Schülerin, die etwas anders ist als ihre Mitschüler, und viele andere Personen begegnen uns in der Fußgängerzone einer rheinischen Großstadt, in Geschichten, in denen es um Liebe, Politik, Kunst und das Leben im Allgemeinen geht.

Zum Autor:
1982 kehrte Engelbert Manfred Müller von einer fünfjährigen Tätigkeit als Lehrer in Chile nach Deutschland zurück. Er wuchs in Köln auf, lebte und lehrte viele Jahre in Leverkusen und Köln. Nach einem zweiten Auslandsaufenthalt in Mexiko in den 90er Jahren ließ er sich mit seiner Familie endgültig in Bergisch Gladbach nieder. Die Erlebnisse während der neun Jahre in Lateinamerika haben ihn sehr geprägt und lassen ihn seine alte und neue Heimat mit anderen Augen sehen.

In der Stadtbücherei Bergisch Gladbach kann man etliche seiner Bände mit Gedichten und Erzählungen und den Lissabon-Roman „Nur ein Schlüsselanhänger". ausleihen. Er ist Mitglied der Gladbacher Autorenvereinigung „Wort und Kunst"

Das Auge der Stadt

und andere Geschichten
aus der Fußgängerzone

von Engelbert Manfred
Müller

Bibliografische Informationen der Deutschen Nationalbibliothek:
Die Deutsche Nationalbibliothek verzeichnet die Publikation
in der Deutschen Nationalbibliografie, detaillierte bibliografische
Daten sind im Internet über http://dnb.cnb.de abrufbar.

© 2015 Engelbert Manfred Müller
Herstellung und Verlag:
BoD – Books on Demand Norderstedt

ISBN 9 783738 628982

Inhalt

Das Auge der Stadt   7
Die verschwundene Marktfrau   58
Die Immerwährende   97
Formel 1 im Aufzug   148
Die zweite Dimension   153
Aufzug, die dritte   157
Der Duft des zweiten Lebens   161
Vorschlag zur Heiligsprechung   193
Ein Brunnen mehr oder weniger   199
Alles ganz harmlos   205
Die Freundin des Punkers   211
Er nickt nicht immer   214
Die Hauptsache   217
Laurentiuskirmes oder Was ist normal?   223
Ich habe keine Kraft mehr   236
Komisches Deutsch   257

Das Auge der Stadt

„Die Zeit fällt ihr unerbittliches Urteil über Ähnlichkeiten mit lebenden Personen."

1 Der Auftrag

„Liebe Frau Vollprecht, ab heute werden Sie das Amt der Sicherheitsbeauftragten in unserer Abteilung übernehmen. Ich bin sicher, dass Sie es zu meiner und vor allem des Bürgermeisters vollen Zufriedenheit ausfüllen werden."
Der Bürovorsteher, dessen athletischer Gestalt man erst auf den zweiten Blick ansah, dass ihr nichts, aber auch gar nichts in seinem Inneren entsprach, der aber berühmt dafür war, dass er delegieren konnte, also Aufgaben, die ihn nicht im Geringsten interessierten, an einen Untergebenen weitergab und damit ein für alle Mal seine Pflicht als erledigt ansah, gab Rosemarie seine fleischige Hand, die sie stets ein wenig zusammenzucken ließ, wenn sie sie berühren musste.
„Aber warum gerade mir, Herr Odenthal?"
Rosemarie Vollprecht schaute in die ausdruckslosen Augen ihres Chefs und auf seine unverdient vollen Haare, die eine Vitalität vorgaben, die weder in seinem Kopf noch irgendwo darunter je vorhanden gewesen waren.
„Ach, Sie wissen doch. Ihr Mann."
„Mein Exmann, meinen Sie", betonte Rosemarie mit ärgerlicher Energie. „Aber was hat der mit mir und mit meiner Arbeit zu tun?"
„Bitte, Frau Vollprecht, regen Sie sich nicht auf.

Aber wir kennen doch alle den früheren und auch den heutigen Beruf Ihres Mannes, äh Exmannes. Und Sie wollen doch nicht abstreiten, dass Sie dadurch in die Materie eingeweiht sind."
Weil Rosemarie wusste, dass es ja doch keinen Sinn hatte, sich zu sträuben und ihre Erfahrung sie gelehrt hatte, dass vieles, gegen das man eigentlich empört sein musste, sich schließlich n Wohlgefallen auflöste, gab sie innerlich schon klein bei.
„Sie werden sehen, dass es für S e ein Leichtes sein wird, die Aufgabe zu bewältigen. Und oben kommt es sicher auch gut an."
Dabei lachte er ein kleines dümmliches Lachen.
„Mit dem Bürgermeister ist alles abgesprochen. Und er kennt Sie ja und weiß Sie zu schätzen."

2 Die Niederlage

In den ersten Monaten des Jahres 2025 hatte der Bürgermeister eine schwere Niederlage hinnehmen müssen. Nicht dass er selber hinter dieser Idee gestanden hätte. Aber seine Parteifreunde und Teile der Verwaltung machten ihn darauf aufmerksam, dass sie dringend geboten erschienen, die Überwachungsanlagen auf dem Marktplatz. Nachdem wieder einmal ein Überfall an seinem Rand geschehen sei. Dabei hatten sich fast alle Überfälle in der Nacht ereignet, und es war sehr fraglich, ob die Kameras in der Lage sein würden, taugliche Nachtaufnahmen herzustellen. Außerdem ließ die Polizeit verlautbaren, dass die Menge der Überfälle rückläufig sei. Und verh ndern, da waren sich alle Experten einig, konnten die Kameras sowieso keine Tat. Sie würden allenfalls die anschließende Aufklärung erleichtern. Wenn denn ausreichend Personal zur Verfügung stände, die Aufnahmen sorgfältig auszuwerten. Und das war bei der seit langem knappen Personalsituation eher unwahrscheinlich.Trotzdem erhoffte man eine Wirkung bei den nächsten Wahlen, eine Wirkung vor allem bei dem zunehmend älteren Bevölkerungsanteil, der traditionell sein Kreuzchen bei der Partei des Bürgermeisters machte.

Die Opposition war zu dem Schluss gekommen, es sei für sie besser, die Videoanlage abzulehnen. Sie hatte gemerkt, dass solche Überfälle hauptsächlich die Journalisten der örtllichen Presse interessierten, weniger die ältere Bevölkerung, obwohl es stimmte, dass diese noch mehr als andere im abendlichen Fernsehen Krimis konsumierten, was bei vielen von ihnen ein zunehmendes Gefühl der Bedrohtheit erzeugte. Doch hatten Meinungsforscher vor kurzem herausgefunden, dass sie sich in der jüngsten Zeit weniger für Krimis begeisterten, als für Familien- und Heimatserien. Vor allem, weil schon in den Nachrichten immer häufiger Gewalttaten gezeigt wurden, die immer weniger zu ertragen waren. Die ablehnende Haltung der Opposition war natürlich in erster Linie darauf zurückzuführen, dass sie sich profilieren musste, egal wie, weil sie sonst keine eigenen Ideen aufzuweisen hatte. Schließlich würde sowieso das fehlende Geld den Ausschlag geben.

Das Thema selber spielte also nach kurzer Zeit keine Rolle mehr. Doch hatte es sich auf einmal im Kopf des Bürgermeisters selbstständig gemacht. In irrationaler Weise sah er zunehmend die Notwendigkeit, alles um sich herum durch Kontrolle und Beobachtung im Griff zu behalten oder in den Griff zu bekommen.Es wurde aber gemunkelt, das sei dadurch zu erklären, dass seine Ehe zu kriseln begonnen hatte. Sein Verdacht verstärkte sich aufgrund verschiedener Ereignisse und Symptome immer mehr, dass sich seine Frau insgeheim und intensiv mit einem Menschen beschäftigte, von dem er nichts wusste. Dieser Mentalitätswandel im Gehirn an der Spitze der Stadt hatte auch zu der Einrichtung der Sicherheitsbeauftragten in allen Abteilungen der Verwaltung geführt.

3 Die Anweisung

Rosemarie telefonierte gerade mit der örtlichen Presse, um einen Termin für den Bürgermeister auszumachen, als Odenthal in der Tür stand. Wenn ihr Chef sie sprechen wollte, ließ er sie normalerweise telefonisch in sein Büro bestellen. Nun stand er wieder vor ihr wie beim letzten Mal, als er ihr das Amt der Sicherheitsbeauftragten aufs Auge drückte. Er deutete sogar mit seiner schwammigen Hand an, sie solle sich nicht stören lassen und setzte sich auf einen der zwei Stühle, die vor ihrem Schreibtisch standen, Stühle für Besucher, als sei er ein Bittsteller, wie sich die Bürger häufig vorkamen, wenn sie eine Amtsstube betraten. Sie notierte den Termin in ihrem Tischkalender, legte den Hörer auf und schaute

dann auf die ausdruckslosen Augen in der unverdient athletischen Gestalt vor ihr auf dem Stuhl.
„Eine Bitte des Bürgermeisters, Frau Vollprecht."
Erwartete er, dass sie daraufhin salutierte? Sie quälte ihn bewusst mit der künstlichen Kälte ihrer Augen und ihrem abwartenden Schweigen.
„Wie soll ich sagen ...."
Wie sollte sie das wissen, was er sagen sollte? Sollte er sich endlich einmal Mühe geben!
„Wie soll ich sagen, Frau Vollprecht, der Bürgermeister fühlt sich beunruhigt."
Aha. Sollte sie sich vielleicht eine Pistole zulegen, um die Sicherheit der Herren zu erhöhen?
„Es ist so, dass seit drei Tagen immer ein Unbekannter das Rathaus betritt."
„Aber betreten nicht dauernd Unbekannte das Rathaus?" konnte sie sich nun nicht enthalten zu erwidern.
„Schon. Aber er kommt angeblich immer während der Mittagspause. Wenn alle zu Tisch sind."
Tatsächlich spuckte das Rathaus Punkt zwölf wie auf Knopfdruck einen Pulk von städtischen Beamten aus, die dann in den umliegenden Restaurants verschwanden, um sie Punkt zwei wieder aufzusaugen.
„Und da er selber seit einiger Zeit das Rathaus Mittags nicht mehr verlässt, ...Sie wissen schon warum ..."
Rosemarie wusste, dass das Wort Depressionen umlief. Aber was hatte das mit ihr zu tun? Sollte sie den Therapeuten für ihn mimen?
Durch die athletische Gestalt auf dem Stuhl vor ihr ging ein ungewohnter Ruck. Er stand auf und

schüttelte sich, als versuche er, eine große Last abzuwerfen.

„Also kurz gesagt: Werfen Sie mal ein Auge auf diesen Mann. Ich verlasse mich auf Sie."

Als er aus ihrem Zimmer verschwunden war, ärgerte sich Rosemarie zuerst, weil sie wusste, dass der Auftrag für sie den Verlust des gemeinsamen Mittagstischs mit ihren Kollegen bedeutete. Gleichzeitig dachte sie daran, dass sie schon mehrmals erlebt hatte, wie der Bürgermeister in seinem Zimmer aus dem Fenster schaute, wenn sie einmal zu ihm musste, um ihm einen Termin oder ein Papier zu bringen. Von dort konnte er den Marktplatz überblicken und den Zugang zum Rathaus. Aber meistens schien er bei solchen Gelegenheiten zwar zu schauen, aber dabei nichts zu sehen. Den Eindruck hatte sie zumindest, wenn er sich auf ihren Gruß hin umdrehte und sie mit einem abwesenden Gesichtsausdruck anblickte. Er schien mit seinen Gedanken in weiter Ferne zu sein. Fast empfand sie dann so etwas wie Mitleid mit ihm.

4 Erste Begegnung

Das musste der Mann sein. Er stand unter Rosemarie im Treppenhaus und betrachtete das breite Bild gegenüber, welches zwei Gruppen von Menschen in seltsamen Trachten darstellte, Frauen in langen weiten Röcken und mit weißen Hauben, Männer mit Kniebundhosen und hohen Zylindern auf dem Kopf.

„Suchen Sie etwas Bestimmtes?" sprach Rosemarie ihn mit der Frage an, die man neuerdings stellte, wenn man so etwas ausdrücken wollte wie „Sie haben hier doch eigentlich nichts zu suchen. Machen Sie gefälligst, dass Sie Land gewinnen."
Als er seinen Kopf drehte, erschrak sie fast. Diese Augen! Als wenn er gerade vom Bergsteigen zurückgekommen sei. Oder von einsamen Fahrten mit dem Fahrrad durch den Wald. Diese Gedanken beherrschten einen Augenblick lang ihr Gehirn.
„Nein, danke. Ich habe im Moment alles, was ich brauche."
Dabei nahm sein Gesicht mit dem Schnurrbart und dem Bartkamm an seinem Kinn einen verschmitzten Ausdruck an. Er wurde noch verstärkt durch den ungeordneten Haarschopf, der frech in die Mitte seiner Stirn ragte. Und dann redete er weiter, als sei sie eigens zu ihm gekommen, um sich von ihm das Bild erklären zu lassen, an dem sie tagtäglich vorbeiging, und das sie eigentlich nie richtig beachtet hatte.
„Sechzehn Augen, das muss man sich mal vorstellen."
„Wie meinen Sie das, sechzehn Augen?" stammelte sie verwirrt.
„Sechzehn Augen, die zusammen die Qualität prüfen."

Na und? dachte sie. Was soll das? Ach ja, es muss ein Verrückter sein. Der in seine eigene Gedankenwelt versponnen ist, die für andere nicht zugänglich ist. Aber gut, bei solchen wüsste man nie. Unberechenbar, in welche Taten ihr Denken mündete. Vielleicht ein Attentat? Auf ein Bild unter

Umständen. Das hatte es doch damals in Amsterdam gegeben. Auf die Nachtwache, wenn sie sich recht erinnerte. Die Nachtwache von Rembrandt. Ein wertvolles, weltberühmtes Gemälde. Mit Messerstichen. Unwillkürlich schaute sie an der Gestalt ihres Gegenübers entlang. Das Einzige, was er in der Hand hielt, war ein Fotoapparat. Aber diese Wülste über den Augen. Nur dann diese Augen selber. Wie sehr sie davon berührt wurde.

„Sehen Sie hier rechts: Sogar die Augen der Großkopferten interessieren sich für die Qualität des gemeinsamen Produkts. So wie sich später Maria Zanders für das gemeinsame Produkt interessierte."

„Das gemeinsame Produkt? Was meinen Sie damit?"

„Ja, das ist ja das Interessante: Für sie war das gemeinsame Produkt nicht nur das, was sie im engeren Sinne herstellte, also das Papier der Firma Zanders, sondern auch die Gesamtheit der Stadt, wie die Menschen lebten und die gemeinsame Kultur. Heute kaum denkbar."

Ist er doch kein Verrückter? Aber was er da redet! So hätte Herbert, ihr Exmann, nie geredet. Wen meinte er denn mit den Großkopferten? Ach ja, da waren auch Leute in besserer Kleidung abgebildet, ein Mann mit einem Degen an der Seite, zwei Frauen in Samt und Seide. Sie hielten ein Blatt Papier in der Hand, über dessen Qualität sie sich unterhielten.

„Die entgleiste Macht sucht den kritischen Augen der Beherrschten das starre Auge der Videoüberwachung entgegenzusetzen."

Rosemarie schaute auf das Gesicht, welches sich bei diesem Satz in eigenartiger Weise zusammenzog, fast wie eine Zitrone, die ausgedrückt wurde, damit aus ihr der kostbare Saft tropfen konnte. Sie wusste nicht, warum er das sagte. Sie suchte und fand aber das verschmitzte Lächeln, welches alles begleitete und welches sie beruhigte. Trotzdem entfuhr ihr nun ein „Ich muss weiter", was nicht der Wirklichkeit entsprach, und was die Verschmitzheit in seiner Miene verstärkte. Sie drängte an ihm vorbei und verschwand auf der Toilette im Erdgeschoss, die sie sonst nie benutzte. „Bis zum nächsten Mal!" hörte sie ihn noch hinter ihr herrufen. Im Vorraum der Toilette stand sie lange vor dem Spiegel und betrachtete diese Person in der hellbraunen Lederjacke, die ihr eine Festigkeit verleihen sollte, die sie nicht hatte. Ihre Augen hatten ein Stück von der Verschlossenheit verloren, die sie wie Jalousien herunterließ, ihre Wangen waren ein wenig gerötet, wie sie sie oft als Kind gehabt hatte, wenn sie von einem atemlosen Lauf zurückkehrte. Als Kind hatte sie nichts lieber getan als laufen. Und ihr fiel auf, wie tief die Kuhlen über ihrem Schlüsselbein waren. Sie fasste mit der Hand daran, als müsse sie sie beschützen, empfand aber gleichzeitig so etwas wie Beglückung bei ihrer Entdeckung, als sei sie plötzlich jünger geworden.

5 Speaker's Corner

Als Rosemarie nach Dienstende aus der Rathaustür trat, empfingen sie die sonoren Klänge eines Männerchors. Eine späte Sonne glänzte auf der Ochsenblutfarbe des Bergischen Löwen, die eine frühlingshafte Aufmunterung durch die rosa Blüten von Blutpflaumen und Japanischen Kirschen erhielt. Eine Menschengruppe von etwa 30 Leuten stand vor dem steinernen Podium an der Villa. Neugierig näherte sich Rosemarie und stellte sich dazu. Das Podium war vor ein paar Jahren vergrößert worden, nachdem die Bronzefigur des Papierschöpfers wieder an ihren ursprünglichen Ort zurückgebracht worden war, an die Strunde, deren Wasser den Betrieb der zahlreichen Mühlen in der Stadt ermöglicht hatte. Nun diente das Podium als Speaker' s Corner der Stadt.

„Ich habe ja eigentlich etwas gegen Männerchöre", hörte Rosemarie eine Stimme hinter sich. Als sie sich umdrehte, sah sie ihre Kollegin Waltraud mit ihrem frechen Lächeln.
„Aber bei so einem schönen Wetter kann ich sogar die ertragen. Und das Bergische Heimatlied, naja!"
Rosemarie hatte die Melodie immer gefallen, obwohl sie immer gedacht hatte, dass der Text einmal modernisiert werden könnte.
Wo die Wälder noch rauschen....Es stimmte ja. Um die Stadt herum gab es noch immer viele schöne Wälder, in denen sie manchmal mit Waltraud und einer weiteren Kollegin am Wochenende wanderte. Alle drei einte nicht nur die Liebe zur Natur, sondern auch gewisse Vorbehalte Männern gegenüber. Besonders Waltraud konnte so richtig vom Leder ziehen, nachdem sie sich vor kurzem von ihrem dritten Mann getrennt hatte. Dabei strahlte sie mit ihren weißen vorstehenden Zähnen einen unbeugsamen Optimismus aus. Den wünschte sich Rosemarie manchmal, konnte hn aber eigentlich

nicht richtig verstehen. Woher nahm sie diese Kraft trotz der Nackenschläge, die ihr das Leben schon verliehen hatte? Oder war es einfach die Tatsache, dass sie fünfzehn Jahre jünger war als Rosemarie?

Nun traten die Sänger zur Seite und ein etwa sechzehnjähriges Mädchen trat auf das runde Podium. Sie strich sich mit der Rechten ihr langes dunkelblondes Haar hinter die Schulter, räusperte sich und sprach mit nicht lauter, aber gut verstehbarer Stimme:

„Frühlingsmorgen"
Ihr Gesicht war ernst, auch während der langen Pause, die nun folgte. Dann redete sie langsam und eindringlich weiter:
„Wenn Antwortlosigkeit der Politik
und Drohnen in Afghanistan
und Technikteppiche dir
alles überdecken,
die Luft des Taubenflugs
mit Gift und Gülle füllen,
dann lässt der Bittersaft
von Trotz und Wut
dir neben deiner Hängematte
blaue Blüten wachsen von
zarter Wieseniris und-"
Hier folgte eine fast unerträglich lange Pause
„dem Todesschlaf
des Eisenhuts."

Kurze Verbeugung, dann trat sie zu der kleinen Gruppe direkt vor der Natursteinmauer, die den Garten der Villa vom Marktplatz trennte.

Das Klatschen der Zuhörer war noch nicht ganz verstummt, als ein blonder junger Mann mit mehreren Piercings in den Lippen sich mit einem großen Foto neben das Podium stellte, ein Foto, auf dem zwei städtische Arbeiter dargestellt waren, die nebeneinander auf der Pritsche eines Dienstfahreugs in Arbeitsorange saßen, der eine lässig an die Seitenwand gelehnt der andere im Schneidersitz eine Zigarette rauchend, seinen Kollegen anblickend.

„Krisensitzung" deklamierte nun ein anderer junger Mann, der das Podium betreten hatte, und wies auf das Foto. Er hatte einen sanften Blick, während seine Haare in einem provozierenden rostorange Ton von einem hellgrünen Band gehalten wurden. Dann folgte der Vortrag eines Gedichts mit einer eindrücklichen warmen Stimme:

„Wenn Raster, Normen
Aussetzer gestehen
und Produktivität als
Hermelinbesatz an
Kaisers neuen Kleidern
wir erkannt,
dann wenden unsere
Gesichter sich
einander zu und
sehn im anderen
den Bruder, der wie
wir selber
eigentlich nur
leben wollte,
nichts als leben."

„Ich kann nur staunen über diese jungen Leute", meinte Rosemarie und wandte sich zu Waltraud.
„Aber ist doch toll, oder?"
„Wo kommen die eigentlich her?"
„Ich habe in der Onlinezeitung gelesen, dass sie zu Wort und Kunst gehören."
„Wort und Kunst?"
„Ja, die Gladbacher Schriftstellervereinigung, die sich angeblich in der letzten Zeit sehr verjüngt hat. Und wie man sieht, ist das auch so. Pass auf, es geht weiter!"

Der Blonde mit den Piercings hatte nun das Foto gegen ein anderes vertauscht, auf dem das Porträt eines Soldaten abgebildet war. Rosemarie fiel sofort der Gegensatz zwischen der strengen Militäruniform und dem verträumten Blick des jungen Menschen ins Auge.

Nun trat ein vielleicht zwanzigjähriges Mädchen in schwarzer Lederkleidung auf die runde Stadtbühne, schaute zuerst verschmitzt in die Runde, so dass zwei gönnerhafte Grübchen neben ihrem Mund sichtbar wurden, schüttelte ihre dunkelrot gefärbte Mähne und wies dann ernst auf das Foto mit dem Uniformierten. Mit warmer Stimme rezitierte sie dann langsam:

„Suchanzeige

Wo ist die Fee,
die deiner Augen
Traurigkeit

und Härte wieder
deinen Lippen nähert
und dir selber einen
Glauben schenkt
an dich,
der auch zu Liebe
und zu Mitleid steht?"

Und dann mit liebevollem Nachdruck:
„Wie sehr
ich sie
dir wünsche!"

In diesem Moment näherte sich Rosemarie eine Gestalt in hellblauem Uniformhemd von der Seite, mit der amtlichen Dienstmütze des Polizisten auf dem Kopf.
Während die Zuhörer klatschten, legte er Rosemarie eine Hand auf den Arm.
„Hallo, Rosemarie! Schade, dass wir uns nun nicht mehr sehen!"

Jürgen, der sich immer um sie bemüht hatte, auf allen Veranstaltungen der Polizei, bei der sie dabeigewesen war. Und sie war immer dabeigewesen, bis sie sich von Herbert getrennt hatte. Wenn sie seine fleischigen Lippen sah und seine etwas glupschigen Augen, stieg ihr immer ein glucksendes Lachen in die Kehle. Für das sie sich anschließend schämte. Denn ihr war klar: Er meinte es ernst. Hatte es immer ernst gemeint. Aber dafür konnte sie doch nicht verantwortlich gemacht werden. Und doch war sie froh, dass er heute wegen des unerwartet warmen Frühlingswetters im

Hemd erschien. So sah man nicht die dunkelblaue, fast schwarze Uniformjacke, die sie abgestoßen hatte, seitdem sie eingeführt worden war. Ein weiterer Schritt in die zunehmende Aufrüstung, die die Polizei betrieb. Jürgen stellte ja eigentlich eine rühmliche Ausnahme dar. Er war noch der Polizist von nebenan, dein Freund und Helfer. Ihm hätte die vertraute grüne Uniform viel besser gestanden. Er hätte auch gar nicht die allzeit bereite Pistole am Gürtel gebraucht, auch nicht die Drohung der Handschellen. Seine bloße Anwesenheit und der Ernst in der Tiefe seiner Augen genügte, seinen Zweck zu erfüllen: Den Bürgern ein Gefühl von Sicherheit zu geben. Und ein gelegentliches Aufblitzen seiner menschenfreundlichen Lache reichte für lange Zeit aus, die Sicherheit, die die Staatsmacht garantierte, als von den Bürgern an die Exekutive geborgte zu verstehen und nicht als Anmaßung und Betrug, wie sie von Herbert rechthaberisch missbraucht wurde. Der hatte zwar noch die bürgerfreundlichere grüne Uniform getragen, als er entlassen wurde, beziehungsweise als ihm sein Ausscheiden aus dem Dienst nahegelegt wurde. Doch hätte zu ihm besser die heutige dunkle Tracht gepasst. Er hätte sie sicher gut gefunden. Hatte er doch ein ganz anderes Ideal von einem guten Polizisten. Heute schämte sie sich fast, dass sie damals auf dieses Image hereingefallen war. Ein ganzer Mann, selbstbewusst, zielsicher, kräftig. Dem keiner was vormachen konnte.

„Hallo, Jürgen."

Sein weiblicher Mund und seine tiefen Augen waren aber gerade das, was ihn als Mann für sie unattraktiv machte. Sie wand sich innerlich schon vor der Frage, die nun kommen musste, und die er schon mehrmals geäußert hatte:
„Willst du nicht trotzdem zu unseren Festen kommen? Ich könnte dir die Einladungen zukommen lassen."
„Mein lieber Jürgen, lass sie doch endlich in Ruhe! Ihr Männer meint immer, wir könnten nicht ohne euch auskommen."
Es war Waltraud, die sich nun energisch zu Wort meldete. Sie sprach lauter, da die Gedichtvorträge offensichtlich beendet waren und der Männerchor zu einem Schlusslied angesetzt hatte.
„Ja, war doch nur eine Erinnerung. Falls du Lust hast."
Fast wie eine Entschuldigung für eine Ungehörigkeit klang es aus dem Mund des Polizisten, während er sich anschickte, seinen Rundgang fortzusetzen.
„Also, ich muss dann mal weiter."

6 Die erste Begegnung im Ratssaal

Pflichtbewusst machte Rosemarie am nächsten Tag wieder ihren Rundgang in der Mittagszeit, nachdem das Rathaus ihre Kollegen in die umliegenden Restaurants zu Tisch geschickt hatte. Sie entdeckte aber zu ihrer Verwunderung noch etwas anderes in sich als bloßes Pflichtgefühl und die kleine Wut über dieses Amt, das sie nicht angestrebt hatte. Da war etwas, was an ihr zog, sie neugierig machte und über ihrem Magen eine Unruhe verbreitete, die sie nicht als unangenehm empfand. Im Treppenhaus

mit seinem weißgetünchten Fächergewölbe kam sie eine kleine Enttäuschung an. Er stand nicht wie gestern vor dem breiten Gemälde mit den Papierschöpfern. Sie erblickte nicht seinen kecken Haarschopf auf der Stirn und sah nicht seine Augen, die von langer Fahrradtour durch Wälder oder von einer Gebirgswanderung zurückgekehrt waren. Auch aus der dramatischen Gebirgslandschaft, die auf der gegenüberliegenden Seite hing, sah man keinen einsamen Wanderer heruntersteigen.

Rosemarie schaute sich auf dem unteren Flur um. Außer dem Reiterrelief des bergischen Helden Ommerborn war aber keine menschliche Gestalt zu sehen, und als sie die schweren Holztüren zum Marktplatz hin öffnete, breitete sich vor ihr nichts als mittägliche Ruhe aus. Die Sonne lag auf dem warmen Porphypflaster des Marktplatzes, der seine Schönheit wie kaum ein anderer Platz in der Region aus seiner Größe, Unregelmäßigkeit und Geschlossenheit erhielt. Nur ein aufgeregter Täuberich trippelte abwechselnd hinter einer und dann der anderen schlanken Taubendame her. Der einzige Mensch, der im Moment die Weitläufigkeit des Platzes belebte, war die Stadtstreicherin Maria. Sie saß auf der Drahtbank vor der Kirche und zog ab und zu eine Flasche aus dem Plastikbeutel hervor, um sich einen Schluck daraus zu genehmigen. Dabei schaute sie mit hochrotem Gesicht zu den Bussen an der Haltestelle und grummelte einen Protest in diese Richtung, als fühle sie sich von ihnen in ihrer Meditation gestört.

Rosemarie kehrte ins Innere des Rathauses zurück, stieg die Treppe hinauf und wollte sich wieder in ihr Büro zurückziehen. Als sie an der Tür zum Ratssaal vorbeikam, stutzte sie. Es schien ihr, als habe sie von drinnen ein Geräusch gehört, wie wenn jemand nach einem Sprung auf dem Boden gelandet sei. Sie öffnete die Tür und sah ihn, wie er in der Mitte des Saals stand und seine kleine Kamera auf die Rückseite des Raums gerichtet hatte.

Nach dem leisen Klick der Aufnahme drehte er sich zu ihr um und sprach mit ihr, als hätte es zwischen dem gestrigen Gespräch im Treppenhaus und heute keine Unterbrechung gegeben:
„Diese Reliefs sind ja keine künstlerischen Meisterwerke. Aber sehen Sie die Darstellung der Justitia. Müsste das Bewusstsein ihrer Anwesenheit nicht jeden Abgeordneten in seinen Entscheidungen beeinflussen? Interessant ist, was hier nicht dargestellt ist: keine Waage, keine Binde vor den Augen, wie man es auf vielen Darstellungen der Gerechtigkeit findet. Die Gerechtigkeit erfüllt sich also nicht in der absoluten Gleichheit für alle und ist auch nicht blind gegenüber Besonderheiten. Stattdessen hat sie hier ein Buch in der Hand, vielleicht ein Hinweis, dass Gerechtigkeit vom geschriebenen Gesetz zu erwarten ist. Und das Schwert ruht auf einer Girlande, welche von Putten gehalten wird, die vielleicht als das Volk zu verstehen sind. Die Umrandung könnte eine Glückssymbolik andeuten. Die Gerechtigkeit muss sich also dem Glück der Bevölkerung unterordnen."

Fast atemlos hatte der Fremde Rosemarie diesen Vortrag gehalten. Nun schaute er ihr wieder in ihre grünen Augen und fuhr fort:
„Aber der große Schatz dieses Raums sind die Gemälde, die in die Täfelung eingelassen sind. Oder wie sehen Sie das?"

Rosemarie wusste zwar von der Existenz dieser Gemälde, hatte auch schon davon gehört, dass sie seltsamerweise aus der Hand von Maria Zanders stammten, der Besitzerin der größten Papierfabrik der Stadt im 19. Jahrhundert, die sich gleichzeitig einen Namen als Mäzenin für Kunst, Musik und Stadtgestaltung einen Namen gemacht hatte, hatte aber keine detaillierte Vorstellung von den dargestellten Inhalten.

Fragend schaute sie auf seine Bergsteigeraugen und seinen Mund, der ihr eine ungewohnte Freundlichkeit entgegenzubringen schien. Andererseits war sie verwirrt und ein wenig ablehnend, weil er mit dieser Selbstverständlichkeit, und ohne dass sie es gemerkt hatte, ins Rathaus eingedrungen war. Doch was hieß eingedrungen? Schließlich stand es jedermann offen. Aber an ihrer Beamtenehre kratzte es doch, dass da jemand ins Allerheiligste des administrativen und politischen Zentrums der Stadt gehuscht war, mit unbekanntem Ziel, ein unbekannter Mensch mit merkwürdigen Ansichten. Was würde er jetzt über die Gemälde von sich geben?

„Schauen Sie sich hier den alttestamentarischen Krimi an: Kain ermordet seinen Bruder Abel. Sie kennen die Geschichte, oder?"
„Ich kann mich schwach erinnern", mumelte sie.
Wieder wurde er eifrig:
„Ja, sehen Sie nur die zwei Feuer, links das Feuer, das schön nach oben brennt, sein lichter Qualm geht über in ein Licht aus dem Himmel. Man ahnt gleich, dass es ein göttliches Licht ist. Die rechte Seite des Bilds ist dunkel, der Qualm niedrig daherzündelnden Feuers wird von der Dunkelheit erstickt. Links das Opfer des Abel, das von Gott angenommen wird, rechts das Opfer Kains mit den Feldfrüchten, das von Gott verschmäht wird."
Nun trat Rosemaries Widerstand wieder zum Vorschein, vielleicht auch, weil sie sich zu sehr belehrt fühlte:
„Ich muss Ihnen ehrlich sagen, dass ich nicht so fürchterlich religiös bin."
„Ich doch auch nicht", lachte er.
„Aber seit einiger Zeit entdecke ich religiöse Inhalte neu, weil sie ein Teil unserer Kultur sind. Und ich sehe meine Aufgabe darin, unsere religiöse Kunst neu zu interpretieren und ihren Wert dadurch zu erhalten und weiterzugeben."
„Und was wollen uns Kain und Abel heute sagen?"
Sie verzog skeptisch ihre Mundwinkel.
„Schauen sie sich das an: Hier ist zunächst ein unglaublicher Widerspruch. Der sanfte Abel wird von einem wilden Kain getötet, obwohl er ihn noch umarmt mit der Bitte um Erbarmen. Bilder haben eine eigenartige Kraft des Überdauerns. Man muss sie nur genau betrachten, dann entwickeln sie Botschaften, die sich an die jeweilige Zeit anpassen.

Sie blicken sozusagen zurück. So wie Maria Zanders aus ihrem Porträt in der Villa Zanders dem Betrachter zu folgen scheint, egal, ob er sich oben auf der Treppe befindet oder unten auf einem Stuhl während eines Konzerts."

Die Villa Zanders kennt er also auch schon. Hatte er nicht einen schwäbischen Akzent in seiner Stimme? Bestimmt war er nicht von hier. Aber was sollte das? Sie war doch nicht fremdenfeindlich.

„So brauchen wir auch nur dieses Bild von Kain und Abel anzuschauen," fuhr er unbeirrt fort, „um durch die Merkwürdigkeiten, die auf ihm dargestellt sind, eine Botschaft für uns heute zu entdecken. Wenn die Mitglieder des Rats, der hier tagt, sich der Bedeutungen mancher Bilder bewusst wäre, würde er anders entscheiden, als er es häufig tut, besonnener, mehr in die Zukunft gerichtet, mehr am wirklichen Wohl aller orientiert."

Ach, über Ratsentscheidungen in unserer Stadt ist er informiert. Vielleicht doch kein Fremder?

„Aber was hat das jetzt mit Kain und Abel zu tun?" fragte sie fast patzig.

Er schaute ihr aus seinen wulstigen Brauen in das Grün ihrer Augen. Sie merkte, wie sie langsam aber sicher in den Sog seiner Begeisterung gezogen wurde, fragte sich aber weiter, welche Absichten er eigentlich verfolge.

„Ein bisschen überlegen muss man schon. Das gebe ich zu. Nicht alles springt vom Dargestellten allein in die Augen. Sehen Sie, Gott verurteilt die Tat des Kain, obwohl der der Sesshafte ist, dessen Nachkommen wir sind, obwohl er als Opfergabe Früchte darbringt und keine lebendigen Tiere wie Abel. Das kann nur bedeuten, dass er uns irgendwie den Abel ans Herz legen will. Wir sollen nicht einfach in unserer Sesshaftigkeit schmoren und uns besser fühlen, sondern daran denken, wie sehr der Nomade, gemeint ist der geistige Nomade, uns fehlt. Wer sind denn die Nomaden von heute?"

Hier schaute er beinahe provozierend in ihre grünen Augen, stutzte dabei ein wenig, als habe er plötzlich die kleinen goldenen Flecken darin entdeckt, fuhr trotzdem fort:
„Das sind die Nichtsesshaften, die Beweglichen, die Obdachlosen, die Außenseiter der Gesellschaft. Das ist es, an was ein Rat gelegentlich denken sollte."

Aus den rosa Lippen, die für ihn eine aufregende Form hatten, die er nicht beschreiben konnte, hörte er:
„Und so wollen Sie auf allen Bildern in diesem Ratssaal Botschaften herauslesen?"

Nun rückte er einen Stuhl an einen der breiten Tische heran, die an die Seiten des Ratssaals standen.
„Steigen Sie mal über den Stuhl auf den Tisch!"
Dabei hielt er ihre Hand, und zu ihrem eigenen Erstaunen kletterte sie auf den Tisch, an der Stelle,

wo über ihnen ein Gemälde mit einem Regenbogen in frischen Farben hing. Er stieg hinterher und umfasste ihre Hüften mit der Rechten, als sei es das Selbstverständlichste von der Welt.

Seine Linke wies auf das Bild.
„Das hier zeigt Noah mit den Seinen nach der Sintflut."
„In diesen kleinen Figuren da oben auf dem Plateau wollen Sie Noah erkennen?"
„Nicht persönlich natürlich. Da haben Sie Recht. Aber schauen Sie nach oben. Da sehen Sie die Arche. Unverkennbar. Aber mal der Reihe nach:
Im Vordergrund versperrt eine Ansammlung von Knüppeln und Stämmen den Durchgang, eine Folge der abgeebbten Katastrophe, vor der sich Noah mit seinen Leuten gerettet hatte. Hoch auf dem Berg liegt die gestrandete Arche. Darunter haben sich Noah und die anderen Überlebenden auf einem bewohnbaren Plateau versammelt und planen ihre Zukunft. Die Ebene liegt hoch über den grünen Wassern des Meers. Durch den Höhenabstand zwischen ihm und der schrägliegenden Arche kann man ermessen, wie hoch die Fluten gestiegen waren. Der weißglänzende Berg im Hintergrund und der zarte Regenbogen künden aber von Hoffnung und Neubeginn, ebenso der blaue Himmel dahinter.
Mit der Sintflut könnte die Klimakatastrophe gemeint sein oder näher an unserer Zeit der kleinere Zusammenbruch, den wir gerade erleben, den Zusammenbruch des Autoverkehrs, vor allem auf den Autobahnen, aber auch hier bei uns geht ja nicht mehr viel."

„Erste Konsequenzen wurden aber schon gezogen. Nun wird wirklich angefangen, den Radverkehr zu fördern."

„Ja, ich weiß. Das ist aber alles längst nicht genug."

Sie wunderte sich über sich selbst. Sie hatte vergessen, dass Sie Sicherheitsbeauftragte war, dass sie diesen fremden Menschen beobachten sollte, dass sie städtische Beamtin im Bürgermeisteramt war, dass ihr gerade noch das Besteigen des Stuhlpolsters und dann der Tische als unverschämt erschienen war. Zeugte das nicht von totaler Respektlosigkeit? Und dann hielt er sie auch noch um ihre Hüfte gefasst. Normalerweise hätte sie das als Anmache oder Schlimmeres abgelehnt, hätte ihm auf die Finger gehauen. Nun war es für sie die höfliche Hilfe beim ungewohnten Stehen auf einem Tisch, beim Betrachten und Verstehen von Bildern, von Bildern, die sie kannte und doch nicht kannte. Was war mit ihr geschehen?

Plötzlich versicherte sie hastig, sie müsse nun zurück in ihr Büro. Sie habe noch nicht zu Mittag gegessen und müsse damit fertig sein, wenn die Mittagspause zu Ende sei. Ein wenig Ironie spielte um seine Augen, als er ihr wieder die Hand hielt, damit sie über den gepolsterten Stuhl hinuntersteigen konnte. Dann griff seine Rechte in die Tasche seiner kurzen Jacke, zog einen rotwangigen Apfel heraus und bot ihn ihr als Nachtisch an. Als sie ihn entgegennahm, fiel ihr Blick auf ein anderes Gemälde in der Täfelung. Hier war Eva zu sehen, wie sie Adam den Apfel überreichte, während der Baum mit der Schlange

zwischen ihnen stand. Statt ihm zu danken, sagte sie nur:
„Sie haben die Polster der Ratsstühle mit Füßen getreten."
„Sie auch", antwortete er, zog ein Taschentuch aus seiner Hosentasche, wischte damit über das Polster und schaute ihr dabei so in die Augen, dass sie noch mehr meinte, sich nun zurückziehen zu müssen.

7 Vollprechts Vortrag am Speaker's Corner

Das solide Mauerwerk schützt das Rathaus vor dem Eindringen von Stimmen, Meinungen und Klima der Außenwelt. Deshalb ist Rosemarie überrascht, welche Schwüle ihr entgegenschlägt, als sie nach Dienstschluss auf die Treppe tritt, die zum Markplatz führt. Eine für die Jahreszeit ungewohnte Wärme und Feuchtigkeit umhüllt sie wie ein Tuch und macht sie leicht benommen. Wie aus einem Traum heraus hört sie drüben hinter der riesigen Kastanie eine Stimme aus dem Lautsprecher. Von Speaker's Corner her, wo doch eigentlich nie Lautsprecher und Mikrofone benutzt werden. Wie von einer Welle wird sie gegen ihren Willen zu den Menschen geschwemmt, die dort der Lautsprecherstimme zuhören. Sie will diese Stimme nicht mehr hören. Gleichzeitig muss sie erfahren, was diese Stimme von sich gibt.

„Kosten für Sachbeschädigungen und Vandalismus um mehrere Zehn- bis Hunderttausende von Euro gesenkt...... weniger Straftaten begangen...

Akzeptanz in der Bevölkerung in der letzten Zeit sehr gestiegen"

Sie will diese Stimme nicht mehr hören. Und doch muss sie sich dazustellen, wie in einem Zwang. Aber hinter den anderen versteckt, so dass er sie nicht sehen kann. Das hofft sie zumindest. Aus seinem Mund, der wie immer halb von dem kurzgeschnittenen Bart verdeckt ist, hört sie die Stimme, gegen die sie sich wehrt:
„Der Videoüberwachung wird nicht nur eine präventive Wirkung zugeschrieben. Es steigt auch die Aufklärungsrate von Straftaten, vorausgesetzt, das aufgezeichnete Bildmaterial ist von guter Qualität. Studien zufolge bietet sie einen tatsächlichen Nutzen für die Polizei. Die Polizei kann dank Bilddaten einfacher und schneller reagieren. Die Aufklärungsrate von Verbrechen hat sich nachweislich verbessert."

Sein kräftiges Haar, sein männlicher Bart und seine glatte Stirn lassen alles sehr plausibel erscheinen, was er da von sich gibt. Nur der Schweiß auf dieser glatten Stirn verrät dem Eingeweihten, dass die sympathische Harmlosigkeit nur vorgetäuscht ist, dass sein ebenmäßiges Gesicht etwas verbirgt, dass seine Augen und die gerade Nase andere Ziele verfolgen, von denen er aber selber absolut überzeugt ist. Die anderen sehen nicht die Bereitschaft zum Biss, der vom Bart verdeckt wird. Er verkörperte das Gesetz, für sich selber grenzenlos. Deshalb durfte er sich auch über darüber hinwegsetzen. Die Verbindung zu seinen eigenen Interessen konnte er nicht sehen, anscheinend auch heute noch nicht, da fehlt in seinem Gehirn eine Verbindung, das lässt ihn so gesund aussehen, wie bei Leuten, die sehr religiös sind. Ihr ist nun klar, dass er wie immer, trotz widriger Umstände, keinen Deut von seinen Zielen abweicht. Die herrschende Schwüle badet sie in Gefühlen von Ekel und Abscheu. Wie lange hatte sie das alles nicht begriffen, bis zu der schrecklichen Ballonfahrt.

„Willst du dir das wirklich antun?" hört sie eine vor Energie und Fröhlichkeit berstende Stimme hinter sich. Als sie sich umdreht, sieht sie wieder Waltraud.

„Du weißt doch sowieso, was der von sich geben wird. Komm, wir genehmigen uns einen Cappuccino im Oriente."

Und als Rosemarie immer noch zögert, packt sie ihren Arm und zieht sie hinter sich her, an der Laurentiuskirche vorbei, durch den Buchmühlenpark Richtung Odenthaler Straße, die sie auf dem breiten Überweg für Radfahrer und Fußgänger überqueren, geradeaus zum Cafe Oriente an der Strunde.

8 Im Cafe Oriente

Es war das erste Mal, dass Rosemarie den neuen Gebäudekomplex im Osten der Innenstadt betrat. Sie staunte über die phantasievolle Kombination von Fachwerk, Glas und lichtgelben Wänden, die die Fassaden des alten Waatsacks und des traditionellen Kinos an der Hauptstraße aufgriffen und zu einer luftigen Flucht von Räumen an und über der Strunde vereinten. Gruppen von

Radfahrern hatten ihre Räder an Stangen im Innenhof auf der Nordseite abgestellt, während fesch gekleidete Kellner im Cafe und im anschließenden Restaurant eifrig umhereilten, um die diversen Bestellungen aufzunehmen oder Tassen und Teller auf die Tische der Gäste zu stellen.

„Das ist ja wirklich schön hier", meinte sie zu Waltraud, als sie sich an einem Zweiertisch im hinteren Teil niedergelassen hatten. Die Tische direkt am Ufer des Flüsschens, teils überdacht, teils im Schatten der noch jungen Bäume, waren schon alle besetzt.
„Ja, dieser Serafiniak hat hier seine alte Idee verwirklicht, die er schon vor Jahren versucht hatte, den Planern nahezulegen."
„Serafiniak?"
„Na, dieser pensionierte Architekt, der seit Jahren der Stadt immer wieder den Spiegel vor Augen hielt, um zu zeigen, wie man leichtfertig mit den gewachsenen Strukturen der Stadt umging. Hier hat er sich endlich einmal durchgesetzt."
„Gut, dass du mich da weggeholt hast", meinte sie nun versonnen zu ihrer Freundin.
„Was? Wo? Ach, du meinst vom Speaker's Corner. Ich verstehe nicht, wie du noch seine Nähe suchen kannst."
„Ich bin schon ans entgegengesetzte Ende der Stadt gezogen."
„Schüttelt es dich denn nicht, wenn du dich immer noch mit seinem Namen vorstellst?"
„Vorige Woche habe ich die Namensänderung beantragt."

„Gratuliere. Dann firmierst du nicht mehr unter diesem Macho. Was gab eigentlich den Ausschlag zu eurer Scheidung? Das hast du mir noch nie erzählt."
Rosemarie schwieg einen Moment als müsse sie das auswählen, was man am ehesten erzählen konnte, auch einer Freundin gegenüber.
„Er hat ein Protokoll gefälscht."
„Wie bitte? Was für ein Protokoll?"
„Ein Unfallprotokoll. Zugunsten eines Geschäftsfreundes, der in den Unfall verwickelt war."
„Verstehe. Das ist wohl typisch für ihn. Auf jeden Fall nicht einer von den Männern, denen es immer nur um das Eine geht, haha. Aber das war wirklich der ausschlaggebende Grund für eure Trennung?"
„Es kam noch etwas anderes hinzu. Darüber möchte ich aber noch nicht sprechen."
„Ist schon OK. Du bist schließlich nicht mit mir verheiratet."
Sie lachte wieder ihr fröhliches, unbekümmertes Lachen.

Ein Kellner mit einer langen schwarzen Schürze stellte ihnen den bestellten Cappuccino in zwei riesigen Tassen auf den Tisch. Sie nahmen jede einen ersten Schluck. Beinahe hätten sie sich zugeprostet.

„Da ist er übrigens", rief Waltraud, „da, hinter den Holzbalken dort drüben."
„Wer?"
„Na, dieser Serafiniak, der Architekt, der das alles hier geplant hat.

Angeblich hat er jetzt ein neues Projekt vor, in der Fußgängerzone. Auch so etwas mit viel Glas. Treffpunkte nennt er das."
„Treffpunkte?"
„Ja, so eine Art kleine Glashallen oder überdachte Bänke."
„Und wozu?"
„Keine Ahnung. Musst du ihn selber fragen. Geh doch mal zu ihm!"
„Bist du verrückt?"
„Er scheint in dieser Nische verschwunden zu sein, die ich von meinem Platz nicht einsehen kann. Du müsstest ihn von deinem Platz aus eigentlich noch sehen, oder?"

Als Rosemarie in die angegebene Richtung schaute, erstarrte sie. Nicht nur, weil sie ihn dort erblickte, den Fremden in seiner kurzen grünlichen Jacke und neben ihm einen alten Mann mit einer hellen Mütze, den sie irgendwo schon einmal gesehen hatte. Sondern mehr noch darüber, wie sich die beiden Männer begrüßten. Zuerst die herzliche Umarmung in der Öffentlichkeit. Und das? War das nicht ein Kuss auf den Mund? Was bedeutete das? Und warum war ihr das unangenehm, fragte sie sich.
Zuerst hatte sie das Klima hier als angenehm frisch empfunden. Nun meinte sie vom Fluss her einen kühlen Hauch zu spüren, der sie erschauern ließ, so dass sie die Jacke, die sie über den Stuhl gehängt hatte, wieder anzog. Ihr Blick musste ebenfalls auf einmal anders geworden sein, denn Waltraud schaute sie besorgt an und fragte in ihrer direkten Art:

„Was ist los mit dir? Entweder bist du verliebt oder dich quält ein anderer Kummer."

9 Die zweite Begegnung im Ratssaal

Kurz nach zwölf drückt Rosemarie am nächsten Tag wie selbstverständlich die Klinke zum Großen Ratssaal. Gleichzeitig hat sie ein bedrückendes Gefühl im Magen. Niemand ist zu sehen, als sie die Tür öffnet. Sie kann es nicht glauben, drückt die Klinke zum Kleinen Ratssaal nebenan. Das Licht fällt breit durch das große bemalte Fenster mit dem Rankenmuster. Da ist er! Warum klopft ihr Herz so sehr, als sie seine grünliche Jacke mit dem Wollkragen sieht und seinen dunklen Haarschopf über der Stirn? Sie ist doch keine Teenagerin mehr. Sie schämt sich. Er sitzt da auf einem der gepolsterten Stühle und hat ein Büchlein auf dem Schoß, in dem er blättert. Als sie nähertritt, zeigt er ihr den Titel, als sei nichts gewesen:
„Nicht der Weisheit letzter Schluss", sagt er, „Aphorismen von einem Freund, der schreibt."
Wieder, als hätten sie sich nie getrennt.
Sie kommt sich fast verschlagen vor, als sie fragt:
„Haben Sie viele Freunde?"
Er schaut sie an, ein wenig erstaunt.
„Wie kommen Sie darauf?"
Sie gibt sich einen Ruck, als sie meint:
„Gestern haben Sie auch einen Freund getroffen."
Erstaunt zieht er seine dunklen Augenbrauen hoch.
„Ach, spionieren Sie mir nach?"
Sie versucht nun abzulenken:
„Hat der Freund von gestern diese Aphorismen geschrieben?"

„Nein, nein! Hören Sie sich das einmal an!"
„Unsere Gesellschaft in Deutschland kann man einteilen in 3% Strippenzieher, 17% Bedarfsdecker, 70% Schnäppchenjäger und 10% Traumtänzer. Eine Erneuerung kann nur von den Traumtänzern ausgehen. Wenn es ihnen gelingt, die Schnäppchenjäger für ihre Ideen zu gewinnen und dann den Strippenziehern Zügel anzulegen. Den Bedarfsdeckern müssen sie helfen oder sie davon überzeugen, dass ihr Bedarf längst gedeckt ist."
„Na, was sagen Sie dazu?"
„Ich müsste länger darüber nachdenken."
„Der Freund von gestern hat das zwar nicht geschrieben, aber es trifft voll und ganz seine Überzeugung. Deshalb verstehen wir uns auch so gut."
„Das sah man."
Nun schaute er ihr zum ersten Mal an diesem Tag voll ins Gesicht. Seine Miene begann sich zu verändern. Als habe er plötzlich völlig auf privat umgeschaltet. Als beginne er in ihren Augen zu lesen. Als wenn er es gelernt hätte. Eifersucht und ein banges Fragen las er da. Sie hatte ihn im Oriente beobachtet. Wie er Serafiniak begrüßte. Den er seit vielen Jahren kannte und schätzte.
Er nahm ihre Hand und ließ sie wieder über einen Stuhl auf einen Tisch steigen, stieg hinterher, führte sie zu einem Gemälde mit dem Titel „Paradiesmorgen".
„Keine Sorge! Wir können so weitermachen wie bisher. Am besten setzen wir uns vor dieses Bild. Dann können wir in Ruhe in seine Atmosphäre eintauchen."

So weitermachen wie bisher. Was sollte das heißen? In was geriet sie da hinein?

Nun saßen sie beide wie selbstverständlich im Schneidersitz vor einem Gemälde, das von einem ganz besonderen Licht erfüllt war.
„Sehen Sie," führte er seine Führung für Rosemarie fort, „hier ist das Licht am schönsten. Ein paar helle Wolken gehören zum Blau des Himmels. Und das unschuldige Licht leuchtet auch in den Wipfeln der Bäume. In den Palmen so, als sei es dort immer gewesen. Die beiden nackten Gestalten sitzen und schauen, unterhalten sich vielleicht. Das Dunkel unter den Bäumen und im Vordergrund dient nur dazu, den Glanz der Helligkeit noch größer werden zu lassen. Es herrscht eine absolute Stille. Friedvolle Stille."
Nun blättert er kurz wieder in dem Büchlein mit den Aphorismen, dann reicht er es ihr und zeigt mit dem Finger auf eine Stelle.
„Hier! Lesen Sie das einmal! Ist das nicht ein schöner Satz?"
Sie liest:
„Im Blick entsteht die Sehnsucht nach der Haut des anderen, im Hautkontakt die Suche nach der Tiefe seines Auges."
Warum zeigt er ihr diesen Satz? Sie schauen sich an.
„Kann ich Sie bitten, diesen Satz laut zu lesen?"
Sie schüttelt den Kopf. Was denkt er sich eigentlich?
„Darf ich Ihnen denn den Satz laut vorlesen?"
„Wenn Sie unbedingt wollen."

Während die Worte langsam wie eine eindringliche Bitte aus seinem nie einen ironischen Hauch verlierenden Mund klangen, war es ihr, als fühle sie seinen Schnurrbart auf der Haut ihrer Schlüsselbeinknochen. Das rief ein seltsames Frösteln hervor. Sie meinte, sich an seiner Lederjacke wämen zu müssen, widerstand aber diesem Gedanken.

„Da sitzen die beiden in diesem ungewöhnlichen Licht. Über was unterhalten sie sich wohl?" meinte er und sah sie von der Seite an. Sie sah noch immer die Erinnerung an Bergwanderungen in seinen braunen Augen. Das Schelmische aber war etwas anderem gewichen, was mit ihr zu tun haben musste.

„Sie reden überhaupt nicht", sagte sie schnell, um die entstehende Stille zu überbrücken.
„Du hast Recht. Sie schauen sich nur an."
Er hatte sie geduzt. Unverschämtheit! Wunderbar!
„Auf der Suche nach der Tiefe des Auges."
„Was auch immer das heißt." Sie versuchte ihrer Stimme eine Kessheit zu geben, die sie nicht hatte.
„Du weißt genau, was das heißt."
„Woher willst du das wissen?"
Nun hatte sie ihn auch geduzt. Unglaublich!

1o Die Wanderung

Marlies war die Dritte im Bunde. Sie arbeitete ein paar Zimmer weiter, im Standesamt. Sie kannte das Bergische Land wie ihre Westentasche, war die Organisatorin für ihre gemeinsamen Wanderungen.

Heute starteten sie auf dem Parkplatz neben dem weißgetünchten romanischen Turm der Kirche in Herkenrath, wo Marlies auch wohnte.

„Wie schön ist dieser Blick zurück zur Kirche mit dem eigenartigen Fachwerkbau daneben. Was ist das eigentlich?" fragte Waltraud, als sie auf dem Wiesenweg neben der riesigen Eiche standen und sich umdrehten.
„Es ist die offene Kapelle für eine barocke Kreuzigungsgruppe. Wollen wir nicht ein Foto von uns dreien machen lassen?" antwortete Marlies. Sie sprach ein älteres Ehepaar an, welches auf der Bank unter der noch unbelaubten Esche saß, und sie posierten alle drei auf dem Weg mit den zwei Fahrspuren, die von den landwirtschaftlichen Fahrzeugen stammten, und mit dem Grasstreifen in der Mitte.

Da standen sie nun nebeneinander, drei ungleiche Freundinnen. Die grazile Rosemarie mit den wirren Locken, die ihr ein Aussehen gaben, als sei sie auf einem Weg, der ihr selber nicht klar war, die kleine Waltraud in ihrer schwarzen Kleidung und dem kernigen gebräunten Gesicht, das sie ein wenig wie eine Südamerikanerin aussehen ließ, und die große Gestalt von Marlies, der man ansah, dass sie intensiv Sport betrieb, regelmäßig, in einem örtlichen Verein.

Nach der Durchquerung des ersten Waldstücks setzten sie sich auf einen Baumstamm auf der großen Wiese dahinter, um den Blick auf das Rheintal mit den Domtürmen zu genießen und den

Wald weiter vorne mit den romantischen Dächern von Schloss Lerbach.

„Was auch immer für ein Ekel dein Ex ist, eine Ballonfahrt von dort unten möchte ich ja schon einmal mit ihm unternehmen."
Marlies reichte Rosemarie den Deckel der Thermoskanne, der ihnen zugleich als Tasse diente, und den sie mit heißem Tee gefüllt hatte.
Innerlich schrak Rosemarie zusammen. Sie versuchte, ihrer Stimme einen beiläufigen Ton zu geben, als sie erwiderte:
„Wie kommst du jetzt darauf?"
„Naja, die Frau des Bürgermeisters hat mir gerade davon vorgeschwärmt."
„Willst du Karriere machen und verkehrst nun mit Bürgermeisters?"
Waltrauds Frage wurde durch das Blitzen ihrer weißen Zähne ihrer Schärfe entkleidet.
„Quatsch!" meinte Marlies „Habe ich euch denn noch nicht erzählt, dass wir zusammen im Turnverein sind? Und nach dem Turnen gehen wir öfters zu dem Biergarten an der Kirche. Von dort hat man diesen wunderbaren Blick auf den Sonnenuntergang. Und dabei und einem frischen Bier lösen sich die Zungen."
„Und sie hat also eine Ballonfahrt mit Rosemaries Ex unternommen? Was sagst du dazu, Rosi?"
„Ja, und stellt euch vor. Da hat sich sogar noch mehr getan. Es scheint regelrecht zwischen ihnen gefunkt zu haben. Die Ehe mit dem Bürgermeister war ja sowieso schon im Eimer. Das war ja bekannt. Am tollsten finde ich aber, dass sie demnächst

sogar kandidieren will, als eigene Bürgermeisterkandidatin, stellt euch das mal vor!"

„Ja, Vollprecht und seine Ballonfahrten! Er wusste schon immer die luftigen Höhen auszunutzen."
Als sie im Schlosspark die Wiese betrachteten, von wo die Fahrten zu starten pflegten, entschlüpfte Rosemarie diese Bemerkung, woraufhin ihre Freundinnen sie ratlos anschauten.

Auf dem Rückweg stiegen sie durch den merkwürdigen Hohlweg mit seinen üppig blühenden riesigen Kirschbäumen bergan.
„Hier kann man sich den Überfall auf den Erzbischof Engelbert gut vorstellen. Ihr kennt die Geschichte. In einem Hohlweg bei Gevelsberg, heißt es ja. Ein bisschen unheimlich, so zwischen zwei steilen Wänden, findet ihr nicht?"
Rosemarie fühlte sich bedrückt, nicht wegen des Wegs, sondern weil sie immer noch an die Ballonfahrt denken musste, und vor allem an diese andere Ballonfahrt, die eine Wende in ihrem Leben ausgelöst hatte.

Bald gelangten sie zu den frisch getünchten weißen Quadraten und den glänzend schwarz gestrichenen Holzbalken der Rochuskapelle mit ihren grünen Fensterläden und der eisenbeschlagenen roten Tür. Auf der Bank unter den mächtigen Linden waren sie in eine andere Zeit versetzt, obwohl wenige Schritte weiter über die Straße nach Herkenrath unablässig der Verkehr rauschte.

Ihre Blicke ruhten wieder auf dem Dunst der Rheinebene, während sie in die mitgebrachten Butterbrote bissen und der Deckel der Thermoskanne seine Runde machte.

„Das Schloss sieht man von hier aus nicht. Aber vielleicht sehen wir ja einen Ballon steigen. Heute ist das richtige Wetter dafür", meinte Marlies.

Da war es wieder. Das Wort Ballon.

„Ich glaube, ich kann nie wieder eine Ballonfahrt unternehmen."

Die beiden Freundinnen schauten Rosemarie fragend an, als diese stockend zu erzählen begann, von dem Tag, an dem Vollprecht den Bürgermeister und seine Frau zu einer Fahrt eingeladen hatte. Was sie ein wenig erstaunte, aber noch nicht misstrauisch werden ließ. Dann die fehlende Frau des Bürgermeisters. Vollprecht hatte offensichtlich den Bürgermeister angerufen, dass sie nicht mitkommen könne. Es seien dann zu viele Personen im Korb. Er hatte es mit der besonderen technischen Situation des Ballons erklärt, dem zu großen Gewicht der Fahrgäste. Sie erfuhr aber all dies erst jetzt, als sie im Park den Flug vorbereiteten. Viel Arbeit für nur drei Personen. Doch schließlich nahmen sie in dem Korb Platz. Vollprecht wies ihr den Platz neben dem Stadtoberhaupt zu. Er selber habe ja mit der Technik zu tun. Wie immer die Technik. Mittlerweile war sie schon auf das bloße Wort eifersüchtig. Obwohl es natürlich einen geben musste, der sich darum kümmerte. Von der Logik her einwandfrei. Und wer sollte es anders sein als er? Aber warum musste er, als er die Plätze anwies, auf die

Schönheit seiner eigenen Frau anspielen? Sie sah wieder sein Gesicht vor sich, männlich, zielbewusst, das kraftvolle Haar, aber diesen verdächtigen Glanz auf der Stirn, einen Schweißfilm, der nicht durch die Anstrengung der Vorbereitungen zustande gekommen sein konnte. Dafür war er die Arbeit viel zu sehr gewohnt, sein Körper viel zu durchtrainiert.

Als sie an die Reling des Korbs traten, um das Zentrum der Stadt mit Rathaus und Marktplatz genauer in Augenschein zu nehmen, trat er hinter sie und umarmte sie beide, als fasse er sie zusammen. Und als sie sich umdrehten, hatte er seinen Fotoapparat in der Hand, wollte sie und tat es dann auch, als Paar ablichten, als gehöre er gar nicht dazu. Ihr kam eine ähnliche unangehme Szene in den Sinn, bei einem Geschäftsessen. Damals hatte sie auch schon einmal das Gefühl, er wolle sie verschachern. Und das deutliche Stutzen des Bürgermeisters, als ihr Mann, mein Ex, nein Vollprecht, ich kann ihn nur noch so nennen, von dem Galaessen in Schloss Lerbach sprach. Er bot dem Bürgermeister ein Essen mit seiner eigenen Frau an, mit ihr, mit Rosemarie Vollprecht! In diesem Nobelrestaurant mit Sternekoch, das sich nicht einmal das Stadtoberhaupt so ohne Weiteres leisten konnte. Ein Essen, welches ihm angeblich ein Geschäftspartner geschenkt hatte, bei dem er aber selber leider verhindert sei. Ein wichtiger anderer Termin. Erst das Erstaunen in der Miene des Bürgermeisters, dann ein Funken von aufblinkendem Misstrauen ließen ihn zurückrudern, das Angebot vom Tisch wischen, als unverbindlichen Gedanken darstellen.

„Mehrere Seitensprünge, wahrscheinliche und auch offensichtliche, damit konnte ich gerade noch leben. Aber das hier. Das war das Ende. So, nun wisst ihr es."

Rosemarie atmetete tief und heftig. Ihre Freundinnen trauten sich nicht, ihr den Arm um die Schulter zu legen.

„Die Seitensprünge, das war es bei mir. Aber so weit wie das...." Marlies schüttelte den Kopf. „Ekelhaft!"

11 Dritte Begegnung im Ratssaal

Am Montag nach dem Wochenende, an dem Rosemarie mit ihren Freudinnen die Wanderung unternommen hatten, klagten etliche ihrer Kollegen in der Verwaltung über eine unerträgliche Schwüle. Es war aber nur einer dieser Tage im Mai, an denen die Wärme und der Dunst ein angenehmes Gleichgewicht formen, das zu einer Gelassenheit führt, die nicht als Trägheit gelten muss. Diese Haltung war geeignet, die Menschen einander näher zu bringen, die Akten, die oft zwischen ihnen lagen, in den Hintergrund treten zu lassen, ihnen einen Teil ihrer Wichtigkeitspose zu nehmen.

Rosemarie teilte das Unwohlsein einiger besonders eifriger Arbeitskollegen nicht. Sie erledigte ihre Arbeiten an diesem Morgen mit Lust und Energie, die von Vorfreude auf die Mittagspause gespeist wurden, ohne dass ihr das selber bewusst gewesen wäre. Um zwölf Uhr schienen die anderen noch pünktlicher als sonst die Treppenstufen des

Rathauses hinunterzusteigen, um in den umliegenden Restaurants ihre Arbeit eine Zeitlang zu vergessen.

Kaum herrschte die allgemeine mittägliche Ruhe um Rosemarie herum, als sie wie selbstverständlich den Gang zum Ratssaal betrat und dann den Ratssaal selber, wo sie die Klinke nach nebenan, zur Intimität des Kleinen Ratssaals, drückte, dessen Tür zum Flur verschlossen war, so dass man ihn nur über den Großen Ratssaal erreichen konnte.

Warmes Licht fiel durch das große Fenster mit der romantischen Schmuckbandrahmung auf die dunkle Wandttäfelung, und die Spiegelung des großen glatten Tischs beleuchtete fast feierlich sein Gesicht im Halbdunkel vor den simulierten Kerzen an dem Deckenleuchter. Die ledergepolsterten Stühle standen davor, als warteten sie auf ein besonderes Ereignis. Seine Stirn leuchtete. Nein, das war nicht der Schweißfilm, den sie so verabscheute. Nicht die Geschäftigkeit, die alles andere in Zweifel zieht, um die eigenen Interessen zu verdecken. Trotzdem entdeckte sie auch in diesen Augen Zielbewusstheit und Kraft. Einen kurzen Moment lang stieg ein Gefühl des Misstrauens in ihr auf. Woher konnte sie die Sicherheit nehmen, dass nicht alles ein Betrug war? Hatten ihr nicht Vollprechts helle Augen auch lange Zeit Klarheit und Ehrlichkeit vorgetäuscht? Wie er sie beim Klettern an der Wand geführt hatte, die Sicherheit seiner Bewegungen und seine feste Hand. An die Stelle des Kletterns war später das Ballonfahren getreten. Und noch später erst hatte sie verstanden, dass das alles nur Teil des

Geschäfts und Mittel zum Zweck war. Damals hatte sie nur überlebt, weil sie in ihrer Freizeit vom Ballett zum Freien Tanz gewechselt war. Aber wer garantierte ihr, dass es dieses Mal, bei diesem Mann, anders war? Die Augen allein konnten ihr keine Sicherheit geben. Aber was sonst? Worte? Diese Worte?

„Ich habe diese Nacht von dir geträumt."
Kam dieser Satz nicht in tausend Filmen vor, in tausend kitschigen Romanen? Und doch: zusammen mit diesen braunen Augen fand sie ihn unwiderstehlich.
„Du wirst es kaum glauben. Aber der Traum hatte mit diesem Bild zu tun."

Er deutete auf ein Bild mit hohen Bäumen und zwei Menschengruppen, eine im Licht, eine im Schatten. Wieder stieg sie wie selbstverständlich auf das Polster eines Stuhls, als er darauf zeigte, half ihr auf den Tisch hinauf und stieg hinterher, so dass sie nun nebeneinader in Augenhöhe des Gemäldes standen.

„Es heißt ‚Rebekka am Brunnen'. Rebekka gibt nicht nur den Fremden zu trinken, sondern auch den Kamelen, die sie mitführen. Das ist für Elieser, den Knecht Abrahams, der in dessen alter Heimat auf Brautschau für Isaak geht, das Zeichen. Das hatte er mit Gott als Erkennungszeichen vereinbart. Wenn sie auch den Kamelen zu trinken gibt, ist es die Richtige, die für Isaak bestimmt ist."

„Und was hast du nun geträumt?"

„Dass du Rebekka bist."
Er machte eine Pause, als habe er sich vergaloppiert. Fand zurück zu dem Bild:
„Das Bild bewahrt also den schönen Mythos von der Vorherbestimmtheit, ob es sie nun gibt oder auch nicht."
„Und wer soll da der Bestimmer sein?"
„Gute Frage, wie man heute sagt. Früher war es Gott. Schicksal? Fügung. Ist nicht die Hauptsache, dass wir einfach das Gefühl haben?"
„Hast du es denn?"
„Du etwa nicht?"
Sie streichelt ihm über die Stoppeln auf seiner Wange.
„Du hast mir etwas weggenommen. Das wird mir immer deutlicher."
„Weggenommen?"
„Etwas, was mir mein Exmann gegeben hat. Leider."
Er schaut sie fragend an.
„Er gab mir den Verlust der Fähigkeit, den Augen eines anderen zu trauen."
„Du redest sehr kompliziert."
„Bin ich aber eigentlich nicht."
„Ich weiß."

Nun stehen sie voreinander und schauen sich lange Zeit forschend in die Augen. Sie hört sich erstaunt den –eigentlich unnötigen- Satz sagen:

„Sollten wir nicht dem Reden langsam eine Absage erteilen?"
„Du hast Recht. Aber es sind ja auch nur Rückzugsgefechte."

„Das hatte ich mir gedacht."
„Irgendwer hat freundlicherweise diese Decke auf dem Tisch liegengelassen."

Während sie durchs Fenster hindurch wahrnehmen, wie sich die vorherige Schwüle zu einem aufziehenden Gewitter ballt, schieben sie –als hätten sie es verabredet- einen der großen Tische gegen die Zwischentür zum Großen Ratssaal.

Aus dem Rausch, in den sie nun eintauchen, werden später in Rosemaries Erinnerung nur Sätze auftauchen wie
„Die zunehmende Sexualisierung unserer Gesellschaft geht einher mit dem Bemühen, sich nicht mehr in die Augen zu sehen."

oder
„Sexualität ist solange gut, bis sie zu sehr vom Glanz der Augen entfernt ist."

oder

„Haut und Geruchssinn können das Sehen teilweise ersetzen, solange sie nicht durch Routine und Technik bestimmt werden."

und dass er noch lachend meint:
„Ein bisschen Technik muss aber sein" und sie zu sich auf die Decke zieht.

Ihre Hände tauschen nun Signale aus. Ihre grazilen, die im freien Tanz als Vögel im Flug ihre Seele ausdrücken, seine feste, die am Seil den anderen,

den Gefährten, führt. Wie Lichtzeichen von Insekten in der Dunkelheit des Regenwalds. Sie folgen einer Dramaturgie, einem versierten Regisseur, dessen Namen sie nicht kennen. Der aber schon seit ewigen Zeiten seinen Dienst versieht. Das Weiche und das Harte. Nein: weich und hart, ja, ja! Weich und Hart. Gerundet, rund und Wechsel, wechsel. Rundum nichts mehr existent. Passen, passen, schweben, schweben, schweben, sinken, sinken tief, tief.
Später, viel später gemeinsam sanfte Grabesruhe, ferner Gruß.

Die ganze, nicht messbare Zeit, hatte eine angenehme Schwüle geherrscht. Die Steine des Rathauses hielten den Atem an. Es hielt die Angestellten in den Restaurants noch fern, in Ehrfurcht und Verwunderung. Später löste sich die Spannung in einem vollen Platzregen. Danach strömten die Angestellten übereilt zurück. Da aber saß Rosemarie längst an ihrem Platz und bereitete eine Pressemitteilung vor, aus dem Diktaphon des Bürgermeisters, nachdem sie seine E-mails gesichtet hatte.

12 Beim Bürgermeister

Am nächsten Morgen wird Rosemarie zum Bürgermeister zitiert. Früher als sonst ruft er sie an. Sie betritt sein helles Zimmer mit den großen Fenstern zum Marktplatz. Er sitzt nicht wie meistens an seinem Schreibtisch, sondern an dem breiten Tisch aus heiterem Birkenholz, der für Gespräche mit Besuchern vorgesehen ist. Als er ihr den Platz sich selber gegenüber anweist, hat sie sein Gesicht in Augenhöhe vor sich. Das hat er doch noch nie gemacht! Sie fühlt deutlich ihr Herz klopfen.

Wieder fällt ihr die Verschiedenartigkeit seiner Augen auf. Während das linke eine Verkörperung von Leutseligkeit und Wohlwollen ist, drückt die Kälte des rechten Zielstrebigkeit und den unbeugsamen Willen zur Durchsetzung der eigenen Pläne aus, fast wie die Augen von Vollprecht. Nur fehlte dem das linke ganz.

„Sie fragen sich sicher, Frau Vollprecht, .."
„Selbach, Frau Selbach", unterbricht sie ihn.
Irritiert hebt er seinen Kopf.
„Wieso....?"
„Ich habe meinen Namen ändern lassen. Ab heute heiße ich wieder Selbach, nicht mehr Vollprecht."
„Aber wieso...? Na, egal, das geht mich ja eigentlich nichts an. Auf jeden Fall waren Sie ja unsere Sicherheitsbeauftragte."

Waren? Bei Rosemarie blinken alle Warnlampen auf.
Der Bürgermeister greift nun in eine kleine Schublade unter dem ovalen Tisch und zieht mit spitzen Fingern ein unordentliches Stück Papier heraus. Als sei er vorher darin eingewickelt gewesen, liegt darauf ein farbloser Luftballon. Als Rosemarie ihn sieht, stockt ihr der Atem.

In diesem Augenblick ertönt ein Klopfen an der Tür. Rosemarie schaut sich um und erblickt die hohe, hohle Gestalt im Rahmen.

Als diese ansetzt zum Reden, wird sie vom rechten Arm des Bürgermeisters zurückgescheucht:
„Später, Odenthal! In einer halben Stunde!"
Dabei versucht er mit der Linken den Gegenstand auf dem Tisch zu verdecken.
Odenthal verschwindet lautlos.
Nun nimmt der Bürgermeister ostentativ seine Hand von dem Arrangement auf dem Tisch, der ein wenig an ein Objekt von Beuys erinnert.

„Das hat mir die Putzfrau gegeben. Ihre Miene war vorwurfsvoll und von Ekel verzerrt. Sie fand es im Papierkorb im Kleinen Ratssaal, Frau äh, Frau Selbach."

Zuerst schauen die Augen des Bürgermeisters streng, dienstlich, dann beginnt er zu lächeln.
„So war das mit der Sicherheitsbeauftragten aber nicht gemeint, Frau Voll..., äh, Frau Selbach."
Die Röte, die sich nun schnell auf ihrem Gesicht ausbreitet, scheint ihn vollends zu versöhnen, so dass er das ungewöhnliche Kunstwerk gleich wieder in der Schublade verschwinden lässt und nun laut über seinen eigenen Witz lacht. Erleichtert stimmt Rosemarie in das Lachen ein. Dann fährt er fort:
"Trotzdem möchte ich Ihnen danken für Ihre Arbeit als Sicherheitsbeauftragte. Sie haben den Fremden sicher optimal betreut."

Rosemarie ist sich nicht sicher, ob das nun pure Ironie ist. In seiner Miene ist davon auf jeden Fall nichts mehr zu erkennen. Und sein Tonfall zeugt nur von Ernst und so etwas wie Erleichterung, als er weiterredet:

„Ich habe gestern im Cafe Oriente ein sehr interessantes Gespräch mit diesem Serafiniak gehabt. Ich muss sagen, er hat mich von vielen Dingen überzeugt. Von vielen Dingen, die zum Wohle der Stadt dienen."

Meist hieß das, zu seinem Wohle und zum Festzurren seines Amtssessels, wusste Rosemarie mittlerweile.

„Serafiniak zeigte mir den Entwurf einer Broschüre mit unseren schönen Bildern im Ratssaal. Wir müssen ja unsere vorhandenen Schätze bewahren, pflegen und propagieren."

Jetzt tut er so, als seien das seine eigene Ideen, denkt Rosemarie. So ist es ja immer. Aber egal, die Haupsache, es sind die richtigen.

„Und er hat mich darin bestärkt, dass wir die Stadtmitte bürgernäher gestalten müssen. Dann löst sich das Problem der Sicherheit sozusagen von selbst. Wenn sich nämlich die ganz normalen Bürger dort heimisch fühlen und auch dort aufhalten, nicht nur irgendwelche merkwürdigen Elemente. Und ich bin sicher, dass diese Gedanken und die entsprechenden Maßnahmen auch bei den Bürgern gut ankommen werden."

Aha, er denkt schon an die nächsten Wahlen, hat nun das Thema Bürgernähe in der Innenstadt als Wahlkampfthema entdeckt.

„Dazu gehören Bänke auf dem Markplatz, mit Lehne selbstverständlich, da unsere Einwohner ja immer älter werden. Dazu gehören überdachte Treffpunkte, die man auch bei Regen benutzen kann. Und unsere Stadt wird vielleicht einmal das Modell einer neuen Konzeption von Innenstadt werden. Serafiniak hat übrigens einen ganzen Kreis, der diese Gedanken unterstützt. Bisher war ich diesem Kreis gegenüber sehr skeptisch. Aber die, die ich kennengelernt habe, machten einen recht sympathischen Eindruck. Einer war übrigens nicht dabei. Von ihm wurde aber gesprochen. Ein Fremder, der den merkwürdigen Namen Rafael trägt. Das ist wohl sein Nachname nehme ich an. Von ihm war die Rede als von einem, der ständig neue kreative Ideen von sich gibt. Er muss ein alter Freund von Serafiniak sein, obwohl er wesentlich jünger als dieser ist. Und er ist wohl auch der Mensch, der in der letzten Zeit immer um das Rathaus, beziehungsweise im Rathaus herumschlich. Aber das wissen Sie ja wohl besser, Frau ... Selbach."

Wieder gewahrte Rosemarie ein kleines Lächeln im Gesicht ihres Vorgesetzten, das sie als anzüglich empfand. Doch war es ihr mittlerweile egal.

„Ich würde mich freuen, wenn Sie bereit wären, in Zukunft meine Kontaktperson, um nicht zu sagen, Beraterin, wären, in Bezug auf diesen Rafael und Serafiniak sowie seinen ganzen Kreis. Das dürfte ja auch ganz in Ihrem Sinne sein, oder?"

Er ist ja wie umgewandelt, mein Chef, kämpferisch, zukunftsgewandt. Vielleicht hängt das auch damit zusammen, dass er sich von seiner Frau getrennt hat, geht es Rosemarie durch den Kopf. Als er sich mit Handschlag von ihr verabschiedet (Das ist auch neu!), meint sie ein ungewohntes Gleichgewicht der beiden Augen in seinem Gesicht zu bemerken.

Auf dem Weg zu ihrem Büro kommt ihr Odenthal entgegen. Ein Mann in seinem Gefolge, der ihr das Blut in den Adern erstarren lässt: Vollprecht.

Die verschwundene Marktfrau

„Es ist die Frage, ob es für den Autor oder für den Leser bedeutsamer ist, wenn sich dieser mit einer der fiktiven Figuren in einer Erzählung besonders identifizieren kann."

1. Verschwunden

Herr Beeskow war ein lebendes Beispiel dafür, dass es tatsächlich Chefs gibt, die genau wissen, welcher Mann an welchem Ort eingesetzt werden sollte. Nicht, dass er dieser Chef gewesen wäre. Solche Ambitionen lagen ihm so fern, wie ihm seine Arbeitsstelle nahe lag. Er liebte diese Arbeitsstelle, den vorwiegenden Ort seiner Tätigkeit, die Fußgängerzone der Stadt und besonders den Marktplatz und seine Umgebung. Eifersüchtig beobachtete er jede Veränderung, als habe jemand unerlaubter- und schamloserweise sich an seine Angebetete herangemacht. Was ihm mit seiner alten Heimat und dann mit seiner Frau passiert war, das sollte ihm nie wieder geschehen. Gut, die Unwägbarkeiten der Politik konnte er nicht beeinflussen, aber unerlaubte Veränderungen, die seinen Arbeitsbereich betrafen ahndete er mit Unnachgiebigkeit - und mit Erfolg. So war es letztlich ihm zu verdanken, dass die Versuche der Mafia, sich in der Stadt mit Schutzgelderpressungen breit zu machen, scheiterten. Und die Attacken der großen Drogenhändlerringe aus der nahen Millionenstadt waren ebenso wenig von Erfolg gekrönt. Weil er seine Pappenheimer kannte und sie ihn schätzten. Er ließ sie nämlich in Ruhe, solange sie die Auflagen der örtlichen Behörden und seine Vorschriften beachteten. So wurde er sowohl von seinen Vorgesetzten als auch von den Marktbeschickern und den Leuten im Rondellchen, wie sie sich selber nannten, geschätzt und geachtet.

Seit zwei Jahren führte ihn Mittwochs und Samstags sein erster Gang immer zu dem Obststand in einer Seitengasse des Markts. Er erfreute sich an den sorgfältig aufgetürmten Äpfeln, apfelgrün die einen und rotwangig die anderen, mit den Kilopreisen auf sauberen weißen Kartons, die mittendrin steckten. Aber mehr noch waren es die roten Wangen dahinter, mit den blonden Haaren zu beiden Seiten, die ihn manchmal bis in seinen Schlaf verfolgten. Dann bildeten das Rot der Äpfel, eine orangerote Jacke und das dunklere Rot des Rathausdachs eine magische Kombination, die ihn unwiderstehlich anzog, seine Motivation für einen oder sogar mehrere Tage bildete, weil ihm klar war, dass dazu die frischen Augen gehörten, auf die er nicht mehr verzichten konnte, und die ihm Zukunftsträume bescherten, von denen er selber wusste, dass sie sinnlos waren.

Selten kam es vor, dass an den Markttagen nur ihre Mutter hinter den Kästen mit Obst und Gemüse stand, diese Mutter, die ihm ein Schaudern den Rücken hinunterlaufen ließ, weil der Gedanke in ihm hochstieg, Elsbeth könnte irgendetwas irgendwann

in ihrem Aussehen oder in ihren Bewegungen von der Schroffheit der Mutter erben oder imitieren. Sah er sie nebeneinander, hielt er dies für absurd. Aber an den Tagen, an denen die Mutter alleine da war, überkam ihn dieser Gedanke immer mal wieder wie eine kalte Dusche. So erschrak er geradezu, als auch heute die Frau mit den herben Zügen alleine neben der Waage unter der grün-weiß gestreiften Plane stand.

„Tag, Frau Paffrath, heute ganz alleine?"
Die Frau mit der Duttfrisur von einer undefinierbaren aschblonden Farbe warf nur einen kurzen Blick auf ihn, als kenne sie ihn kaum, als sei er ein Kunde, der noch nicht an der Reihe war. Bei aller Schroffheit, die sie manchmal an den Tag legte, hatte sie das noch nie gemacht. Sofort sprang der Motor seiner Aufmerksamkeit an, sein dienstliches Misstrauen. Was steckte hier dahinter?
Sie widmete sich dem Neubau der Apfelpyramide, als handele es sich um eine heilige Verpflichtung, bei der sie nicht unterbrochen werden durfte.
„Hat Elsbeth eine Klausur oder eine mündliche Prüfung?"
Der Polizist ließ nicht locker.
Abrupt wandte sie sich einer Kundin zu, die eine Handvoll Weintrauben abgepflückt hatte und sie ihr zum Abwiegen gab. Als Frau Paffrath ihr die Papiertüte mit dem gewünschten Obst überreichte und den Preis nannte, meinte die Kundin:
„Die sind aber teuer."
Als sei das eine persönliche Beleidigung gewesen, erwiderte die Marktfrau barsch:

„Ja, müssen Se nit nehmen. Ich kann se och widder wegdunn. Der Preis steht aber dran. Saren dat och, wenn Se Brötche koufe?"
Die Kundin murmelte verlegen etwas und trollte sich von dannen.

Nun winkte die Marktfrau mit der Duttfrisur Beeskow zu der Spargelschälmaschine hinter dem Stand und eröffnete ihm mit bitterem, vorwurfsvollem Ton:
„Elsbeth ist veschwunden."
„Wie verschwunden?"
„Ja, wie? Das wüsste ich auch gern."
Und dann:
„Seit Montag ist sie verschwunden. Sie kam von der Uni nicht nach Hause. Und sie kommt von den Klausuren sonst immer sofort nach Hause."
Einen Moment lang war Beeskow ratlos. Hatte sie einen Freund oder Geliebten? Das würde ihn nicht überraschen, aber enttäuschen. Aber der Mutter keinen Bescheid geben? Das war nicht sehr wahrscheinlich, wenn man bedachte, wie sehr die Mutter ihre Tochter im Griff hatte. Aber vielleicht gerade deswegen? Oder konnte es einen anderen Grund geben? Die Polizei? Sollte Frau Paffrath sich nicht an die Polizei wenden, wenn sie etwas Außergewöhnliches fürchtete?
„Haben Sie sich denn schon an die Polizei gewandt?"
"Ja, gestern. Als sie schon mehr als einen Tag und eine Nacht verschwunden war."
„Und?"
Sie verzog das Gesicht.

„Sie können nichts machen, sagen Ihre Kollegen, weil Elsbeth erwachsen ist und keine Gefahr im Verzuge."
„Ihre Kollegen" hörte sich wie ein Vorwurf ihm gegenüber an.
Sie schnaubte verächtlich.
„Ich hatte den Eindruck, als wollten sie mir sagen, dass meine Tochter von mir die Schnauze voll hätte. Unverschämt, so was!"
„Naja, Frau Paffrath, die Rechtslage ist da auch nicht ganz einfach."
„Rechtslage, Rechtslage, von sowas haben Ihre Kollegen auch gefaselt. Das bringt mir meine Tochter aber nicht zurück."
„Wissen Sie was, Frau Paffrath? Eigentlich gehört das nicht in meinen Bereich. Aber ich werde mich mal umhören. Vielleicht kann ich doch noch etwas in Erfahrung bringen."

Als halte sie sein Angebot für dummes Geschwätz, sprang sie ohne Übergang wieder hinter ihren Stand, rief laut:
„3 kg Spargel jetzt für 9 €, Sie haben zwei Kilo gespart, und dazu ist er noch geschält! Was kann man mehr anbieten!"
Alles klang zugleich werbend und aggressiv.

2. Beeskow beginnt im Rondellchen

Während Beeskow einen kurzen Blick auf den Tapeziertisch mit den Uhrenreihen warf, der neben dem Obst- und Gemüsestand von Elsbeth aufgebaut war, stellte er bei sich selber fest, dass er auf der Suche nach Verdächtigen war. Aber wieso

überhaupt? Meinte er, dass Elsbeth hier von jemandem versteckt wurde? Vielleicht von diesem Kunden mit der Ledermütze, der angeblich nach einer Uhr mit Zifferblatt suchte und den Verkäufer fragte:
„Kosten die Uhren nichts?"
„Wieso?"
antwortete der Verkäufer mit seiner langen grünen Schürze verblüfft.
„Es steht ja kein Preis dran", meinte der mit der Ledermütze und setzte eine unergründliche Miene auf.
„Doch, die Preise stehen immer unter den Uhren. Die mit dem Schildchen 30 € kriegen Sie jetzt für 15."
„Na, meine ist im Moment noch in Ordnung. Nur die Kupferfarbe, die sich da immer mehr zeigt, was bedeutet die eigentlich?"
„Ja, alles rostet irgendwann. Nur Gold nicht. Silber wird schwarz."
„Das kann man aber abreiben."
„Das stimmt."

Solche Leute, weiß Beeskow, sind auf dem Wochenmarkt eine Ausnahme. Auf die muss man achten. Sie haben nicht den zielgerichteten Blick des wirklichen Käufers, sind entweder reine Nichtstuer, Spaßvögel oder tatsächlich verdächtige Individuen. Doch wie soll er weitermachen? Was soll das mit Elsbeth zu tun haben? Denn er ist entschlossen, nach ihr zu forschen. Vielleicht erst einmal zum Rondellchen.

Während er sich auf den Weg zu dem Treffpunkt hinter der Villa macht, fasst er nur kurz die nächsten Stände ins Auge, den Mann in dem Oldtimer mit Brot von der Mühle, der nichts zu tun hat und Zeitung liest, am Kartoffelstand vorbei mit seinen vielen unterschiedlichen Sorten. In der Nase den Hyazinthengeruch vom Blumenstand, einen undefinierbaren Gemüseduft und den Geruch nach Käse oder Milch, an drei Frauen vor der Kirche vorbei, die miteinander tuscheln, eine mit Rollator, eine hagere mit düsterem Gesicht, eine Alte, die wie süchtig an ihrer Zigarette zieht. „In diesem Alter!" denkt Beeskow, der seit langer Zeit Nichtraucher ist.

Am Reibekuchenstand ersteht er noch schnell 6 kleine Reibekuchen mit Apfelmus und schaut sich die Leute an, hier an den Biertischen im Karree und in der langen Schlange, die sich jetzt vor dem Stand gebildet hat. Aus einem kleinen, dezenten Lautsprecher auf dem Boden ertönt die Blackfööß-Musik von der Rievkoochebud. Mit dem Reibekuchenduft in der Nase und dem Glockenspiel vom Bürgerhaus um Punkt halb eins in den Ohren sitzt Beeskow wie in einer Opernaufführung, in der nun eine Marktfrau gutgelaunt das Lied „Sonne Sommer Sonne Afrika" mitsingt, dabei die Kollegin mit einem Augenzwinkern anschaut, Kaffeduft mischt sich vom Nachbarstand mit den Keksen herein. Hier ist er nun zu Hause, mit Haut und Haaren, nachdem er seine Jugendheimat in Brandenburg mit seinen Eltern verlassen musste. Fast vierzig Jahre ist das nun her.

Nun liebt er diese Stadt, so, wie sie ist. Er ist allergisch gegen die sogenannte Stadterneuerung, er will keine Veränderungen, besonders, seitdem ihn vor 15 Jahren seine Frau verlassen hat, die sich bei ihm langweilte. Sie wollte immer etwas Neues, Reisen, die ihn nicht interessierten. Er hatte nur Augen für sie. Und für die Details dieser Stadt. Deshalb beobachtete er auch wie kein anderer die Veränderungen. Und liebt alles, was ihm immer wieder begegnet, den Orgeldreher in der Fußgängerzone, die Klofrau im Einkaufszentrum, Hermann und Dorothee, die er Samstags meistens auf dem Markt trifft, die Marktleute, die er kennt und mittendrin Elsbeth. Die nun angeblich verschwunden ist. Ob Atze bei den Leuten im Rondellchen vielleicht etwas weiß, etwas Beunruhigendes zu berichten hat? Er weiß ja über vieles Bescheid, dieser ehemalige Obdachlose und Drogenabhängige, der sich an seinem eigenen Schopf aus dem Sumpf gezogen hat.

Es war ein friedliches Bild, das sich ihm da bot, als er unter der riesigen Platane her das Rondellchen am Strundeufer betrat. Auf einer halbrunden Bank aus stabilem grünen Draht saß ein halbes Dutzend Frauen und Männer mittleren Alters und unterhielt sich in kleinen Gruppen. Vier Männer standen an einem runden Tischchen davor und spielten Karten. Beeskow setzte sich zu zwei Frauen, die über Wohnungsangebote sprachen und dabei rauchten. Sie kannten ihn, und für sie war es selbstverständlich, dass er sich neben sie setzte. Nun löste sich einer der Männer an dem festen Stehtisch von den anderen Kartenspielern und setzte sich auf der anderen Seite neben Beeskow. Es war Atze mit seinen festen Haaren im Topfschnitt. Er galt bei den anderen als Sozialarbeiter, weil er ihre Trinkgelage nicht mitmachte, sich aber trotzdem bei ihnen aufhielt, aus alter Anhänglichkeit, aus der Zeit, in der er selber noch Alkoholiker war, aber auch wirklich aus so etwas wie sozialer Verantwortung. Wenn einer wollte, war er immer bereit zu helfen, bei der Wohnungssuche, bei der Vermittlung von Therapien. Er bestand aber darauf, dass sie den ersten Schritt taten.

„Sonst sind am nächsten Tag alle guten Vorsätze wieder flötengegangen", meinte er einmal zu Beeskow und grinste dazu sein skeptisches Lachen. Die anderen akzeptierten auch, dass er ab und an Beeskow über „neue Entwicklungen" informierte. Und auch Beeskow akzeptierten sie, weil sie wussten, dass er schon mehrmals geholfen hatte, dass Vertreibungsversuche durch gewisse gutbürgerliche Kreise in der Stadt scheiterten, denen diese Gruppe am Rande der Gesellschaft ein Dorn im Auge war. Sogar der Bürgermeister hatte ihre Anwesenheit im Rondellchen akzeptiert, solange sie sich an die vorgegebenen Regeln hielten: keine Belästigungen der Passanten, kein Gegröle, keine Abfälle in ihrer Umgebung. Sie achteten alle zusammen auf die Einhaltung dieser Regeln.

Atze kam gleich zur Sache:
„Die Kölner versuchen wieder, hier Fuß zu fassen. Es wäre gut, wenn Sie Ihnen mal die Zähne zeigen

würden. Sie tauchen meistens gegen Abend im Forumpark auf."
Mit den Kölnern waren Drogendealer gemeint, die Beeskow schon zweimal mit Erfolg vertrieben hatte, mit ein, zwei Kollegen zusammen. Nicht dass nun Drogen keine Rolle spielten, aber es ging um eine neue Dimension der Dealerei, bei der auch Erpressung und handfeste Bedrohung ihren Platz hatten. Und darum, Leute, die in Metadonprogrammen waren, wieder zurück in den unbegrenzten Konsum zu drängen.

Am Ende des Halbkreises der grünen Drahtbank sah Beeskow Lisbeth, die Älteste in der Runde. Im Gegensatz zu den anderen hatte sie nicht das Bestreben, aus ihrer Situation wieder herauszukommen, aus Arbeitslosigkeit oder Alkoholkonsum, oder beidem zusammen. Zum Arbeiten war sie mittlerweile zu alt, und sie hätte jeden für verrückt erklärt, der versucht hätte, sie vom Alkohol abzubringen. Sie bettelte oft in der Fußgängerzone, vor allem wenn sie wieder einmal völlig betrunken war, wie heute. Viele kannten sie, wenn sie singend und mit hochrotem Gesicht dort umherzog, als gehöre die Stadtmitte eigentlich ihr persönlich. Heute zeigte ihre blaurote Gesichtsfarbe einen bedenklichen Grad von Betrunkenheit an. Trotzdem grüßte Beeskow sie, weil er wusste, dass sie das erwartete:
„Wie geht's, Lisbeth?"
Erstaunlicherweise stand sie torkelnd auf und setzte sich neben ihn. In fast vertraulichem Ton meinte sie:
„Ich muss dir ens jet verzälle. Ich hatt doch dä Trolley, weeß de, die Täsch op Rädder. Die hat ech

met om Esbahnhoff, und do wor dä janze Trolley op einmol fott, met mingem Pochmonnee und däm janze Jeld."
Beeskow ahnte schon, was jetzt kommen würde. Sie wollte ihn anbetteln, was sie noch nie getan hatte, vielleicht aus Achtung vor seiner Uniform. Aber heute schien sie nicht so richtig zu wissen, wer er war. Und so ging es dann tatsächlich weiter:
„Jetz muss ich he dä eene noch ener Zijarett froge und dä andere no ener Fläsch Bier."
„Ich habe aber keine Zigaretten und auch keine Flasche Bier."
„Ich weeß. Bes de eijentlich Pastuur?"
„Nein. Du weißt doch, wer ich bin." Und dann fügte er lachend hinzu:
„Ich war aber früher einmal Messdiener."
„Dat kammo rüche."
„Wieso kann man das riechen?"
„Do rüchs noh Weihrauch."

Beeskow musste wieder lachen. Er roch also nach Weihrauch. Was auch immer das heißen mochte. Auf jeden Fall fasste er es als Kompliment auf. Wie damals bei dem anderen Treffen in der Fußgängerzone. Damals hatte es auch dort noch Rundbänke gegeben, auf denen sich die Menschen besser begegnen konnten, als auf den neuen, aus edlem Metall, die im Sommer zu heiß waren und im Winter zu kalt. Und ohne den Schatten der alten Bäume, die man alle gefällt und durch gleichförmige junge ersetzt hatte, die noch viele Jahre brauchen würden, bis sie einen ernsthaften Sonnenschutz gäben. Er hatte sich neben das andere stadtbekannte Original gesetzt, die alte Frau, der

viele Gladbacher eine zweifelhafte oder eindeutige Vergangenheit nachsagten, mit ihrem aufgetakelten Gesicht, ihrem nicht altersgemäßen Ausschnitt und ihrem knallrot geschminkten Mund und der Papierblume im Haar. Sie hatte wohl etwas dagegen, dass Beeskow sich in ihre Runde gesetzt hatte und machte Lisbeth gegenüber eine verächtliche oder jedenfalls negative Bemerkung über den Polizisten. Lisbeth aber hatte nur gemeint: „Loss der in Rau. Der hätt selver Probleme."
Schon damals hatte Beeskow zweierlei an Lisbeth gemerkt: Sie verfügte offensichtlich über eine unvermutete Sensibilität und brachte ihm eine gewisse Sympathie oder Achtung entgegen. Jaja, et Lisbeth! dachte er.

Beeskow wandte sich wieder an Atze:
„Kennen Sie eigentlich Elsbeth? Die vom Obst- und Gemüsestand?"
„Klar kenne ich die. Warum?"
„Sie ist angeblich verschwunden. Sagt ihre Mutter."
„Ach!" Überraschung und ein Anflug von Sorge malten sich auf Atzes sonst so ironischem Gesicht. Beeskow wusste aber, dass die Ironie nur eine Maske über der Trauer um den vor einem Jahr an Drogen gestorbenen Bruder war.
Zögernd meinte nun Atze:
„Sie hatte ja auch mal was mit Drogen. Aber sie ist seit längerer Zeit clean. Hat sie mir selber gesagt."
Elsbeth hatte etwas mit Drogen zu tun gehabt? Davon hatte Beeskow noch nie etwas gehört. Er war erstaunt und erschrocken.

„Hältst du es denn für möglich, dass ihr Verschwinden irgendwie etwas mit den Kölnern zu tun haben könnte?"
Atze schüttelte den Kopf.
„Eigentlich nicht. Aber ...man weiß nie. Ich werde mich mal umhören."
„Danke."

Plötzlich fühlte sich Beeskow beim Nachdenken über Elsbeths Verschwinden in ein tiefes Loch gestürzt. Was war bloß mit ihr? Er konnte den Gedanken nicht ertragen, dass er sie womöglich nicht mehr sehen könnte. Er brauchte die Unbeschwertheit in ihrem Blick und in ihren Gebärden zum Überleben. Als Kontrast zu seiner eigenen Schwere und Verhaftetheit im Alltäglichen. Nie war ihm das so deutlich geworden wie damals, als sie sich vor dem Bergischen Löwen am Markt beim Mittagessen trafen.

3. Rückblende

So frisch wie der Wind damals die Blätter der riesigen Kastanie rauschen ließ, so hatte ihn der junge griechische Kellner begrüßt, als Beeskow seine Bestellung aufgab. Schmunzelnd schaute er dem Kellner hinterher, als der tänzelnd in dem Eingang zum Restaurant verschwand. Beeskows Blick fiel dabei auf das Gesicht mit den roten Wangen und den blonden Haaren zwei Tische weiter. Es war Elsbeth, die da saß und ebenfalls hinter dem Kellner hergeschaut hatte, und als ihre lächelnden Blicke sich trafen, wurde ihnen klar, dass der Kellner in ihnen das gleiche Gefühl ausgelöst hatte, eine heitere Zufriedenheit.

Ein wenig klopfte Beeskow das Herz, als Elsbeth daraufhin aufstand, sich spontan zu seinem Tisch bewegte und ihn fragte:
„Darf ich mich zu Ihnen setzen?"
Ansehens kannten sie sich seit langem. Er hatte an ihrem Stand schon einmal etwas gekauft und ein paar Worte mit ihr oder –anstandshalber- mit ihrer Mutter gewechselt. Sie waren sich aber eher als zwei Rollen als zwei Personen begegnet. Deshalb war ihre Annäherung nicht so völlig überraschend. Er wusste natürlich nicht, ob sie ebenso geheime Wünsche mit seiner Person verband, wie er mit ihr. Eher schien ihm das unwahrscheinlich. Umso erfreulicher ihre Frage und ihr Näherkommen.
Statt einer Antwort, die ihm im Moment im Munde stecken blieb, rückte er den Stuhl an der Schmalseite des Tischs für sie zurecht. Er selber saß an der Breitseite.
„Ist der Kellner nicht herrlich? Er begrüßt mich zwar nicht ganz so überschwänglich wie Sie. Aber freundlich ist er immer. Und witzig. Macht immer seine Späßchen. Leider sind nicht viele Menschen in unserem Lande so."
Beeskow staunte über sich selber und seine spontane Offenheit, als er sich erwidern hörte:
„Das suchte und fand meine Frau in Griechenland, auf ihren zahlreichen Reisen. Eine spontane, naive menschliche Zuwendung, wie sie meinte."
„Fuhren Sie denn nicht mit bei diesen Reisen?" fragte sie erstaunt.

„Sie sehen doch, ich finde das auch hier vor meiner Nase. Wieso muss ich dann verreisen?"
„Fühlen Sie sich denn nie hier etwas eingesperrt, wie in einem Hamsterrad?"
„Mein Beruf bietet mir genug Abwechslung. Und wie ist das mit Ihnen?"
„Mein Fenster zur Welt ist mein Studium."
Er hatte von der Mutter schon gehört, dass ihre Tochter Kunstgeschichte studierte.
„Wie sind Sie eigentlich auf dieses Fach gekommen? Führt das nicht zu einer brotlosen Kunst?"
„Das ist es ja, was meine Mutter mir vorwirft. Aber mir geht es im Moment nur um das Studium. Alles andere interessiert mich noch nicht."
„Und wie sind Sie darauf gekommen?"
„Hier!" Dabei zeigte sie auf die Villa schräg gegenüber.
„Durch die Villa Zanders?"
„Ich hörte nach dem Markt einmal einer Führung zu, bei der die verschiedenen Baustile der Gebäude rings um den Markt erklärt wurden, und ich war erstaunt, als ich von Neogotik am Rathaus, von Neorennaissance an der Villa und von Neobarock am Hotel zum Bock und am Bergischen Löwen hörte. Und da wurde mir erst bewusst, was für einen bedeutenden Bau der Moderne wir in Gottfried Böhms Bürgerhaus besitzen. Von da an besuchte ich auch ab und an eine Ausstellung in der Villa, wo mir Welten begegneten, die mir bis dahin völlig unbekannt waren. Ausstellungen mit moderner Kunst, die mich teilweise sehr befremdeten oder ratlos zurückließen, aber auch Ausstellungen mit Grafiken von alten Meistern wie Rembrandt oder

Dürer oder Klassikern der Moderne wie Picasso. Und es erfasste mich der Wunsch, das alles besser zu verstehen. Heute blicke ich dadurch wie durch ein Fenster in eine Welt, die mir bisher verschlossen war."

„Ach, hier hat sich ja ein schönes Pärchen zusammengefunden", unterbrach sie der Kellner, als er ihnen die Suppe zu ihrem Menü auf den Tisch stellte. Beeskow spürte, wie sich in die Munterkeit seiner Stimme etwas ungewohntes Anderes hineinmischte. Und auch der Blick, mit dem er Elsbeth bedachte, war nicht so unbeschwert wie seine sonstige Art. Als das Essen seinen Fortgang nahm, stand er auffällig in ihrer Nähe, als wenn er insgeheim lauschen wolle. Gleich darauf vergaß Beeskow das, während er Elsbeths Fragen nach seiner Vergangenheit beantwortete. Als er aufstand, hatte er das Gefühl, als hätte er eine längst fällige Pflicht erledigt, aber eine, die überhaupt nicht lästig war, sondern eine Plattform legte, die er sich schon lange vorgenommen hatte.

4. Die Bibliothekarin

Beeskow hatte damals nicht ganz Elsbeths Begeisterung über die Architektur des Marktplatzes nachvollziehen können. Trotzdem war ihm dunkel ein Unterschied bewusst zwischen dem hellen bearbeiteten Kalksteintrog des Löwenbrunnens mit seinem klaren Wasser und der ochsenblutfarbenen Fassade des Bürgerhauses auf der einen Seite und der hässlichen Langeweile der Textilstände, in die der Markt hier ausbröselte, auf der anderen Seite.

Heute wollte er sich nur zu einer Apfelschorle noch ein paar Minuten an einen der Tische vor dem Bergischen Löwen setzen. Schon von Weitem sah er plötzlich eine Gestalt, die mit den zwei Leinen kämpfte, die von ihren Hunden in unterschiedliche Richtungen gezerrt wurden, als folge jeder der beiden einem völlig anderen Kompass. Das freundliche Gesicht mit dem dunklen Pferdeschwanz der Frau stand ganz im Gegensatz zu den energischen Bemühungen, ihre Hunde in eine allen gemeinsame Richtung zu lenken. Beeskow kannte diese Gestalt gut. Die Angestellte der Stadtbücherei gab ihm immer wieder gute Tipps, wenn er sich alle drei Wochen neue Bücher auslieh. Sie wusste, dass er sich hauptsächlich für Liebesromane interessierte. Als er an dem Tisch vorbeikam, an dem sie sich niedergelassen hatte, setzte er sich wie selbstverständlich neben sie.

„Heute hätte ich eine ganz andere Frage an Sie", begann er gleich ohne Einleitung.

„Sagen Sie nur, Sie wollen mit Krimis anfangen."

Er stutzte einen Moment. Doch woher sollte sie wissen …..?

„Nein, Frau Sommerfeld, ich wollte Sie nach einer Leserin fragen. Und was die in der letzten Zeit ausgeliehen hat."

„Sie wissen doch, dass ich das nicht darf, Herr Beeskow. Oder haben Sie jetzt mit offiziellen Ermittlungen zu tun?"

Er ging gar nicht auf ihre Frage ein.

„Es handelt sich um Elsbeth Paffrath. Sie kennen sie sicher, die Marktfrau von dem Obststand dort drüben."

Sie schaute ihn fragend an.

„Sie ist nämlich verschwunden." Er rückte näher an sie heran. „Aber das sage ich Ihnen im Vertrauen. Bitte, könnten Sie einmal nachschauen, was sie in der letzten Zeit gelesen hat?"
„Herr Beeskow. Sie sind ja ein ganz gewiefter. Aber in Ordnung. Ich werde mich mal informieren."

5. Herrmann und Dorothee

Herrmann und Dorothee trennte seit vielen Jahren ihre unterschiedliche Auffassung von Lebensqualität und Sparen, und es einte sie die erstaunliche Fähigkeit, nach allen Auseinandersetzungen einen gemeinsamen Modus Vivendi zu finden. In dem sie sich sehr wohl zu fühlen schienen. So wohl, dass Beeskow sie schon in einem stillen Winkel hinter dem Rathaus erwischt hatte, wo sie sich küssten, obwohl sie kaum jünger waren als er. Regelmäßig traf er sie Samstags auf dem Markt, oft schon um neun am Kaffeestand, wo er dann ihre neusten Ehegeschichten erfuhr. So damals, als Dorothee erzählte, wie sie sich gewundert hatte, dass Herrmanns teures Parfüm, welches sie ihm gegen seinen Willen zum Geburtstag geschenkt hatte, einfach nicht zur Neige ging. Bis sie entrüstet feststellte, dass er es seit langem ständig mit Wasser verdünnte. Ein anderes Mal erzählten sie ihm, wieso sie nun die sündhaft teure sogenannte Funktionskleidung trugen, in der sie bei Regen immer auf dem Markt erschienen. Dorothee hatte eines Tages gemeint, sie sollten nun an Regentagen doch lieber mit dem Bus von Refrath, wo sie wohnten, zum Markt im Zentrum fahren. Sofort hatte Herrmann wie ein Teufel die hohen

Kosten beim Benutzen der öffentlichen Verkehrsmittel angeprangert. Bis sie sich schließlich darauf einigten, sich mit einer entsprechenden Kleidung gegen Wind und Wetter zu schützen. Hier kam nun eine zweite Eigenschaft von Herrmann ins Spiel, sein Perfektionismus. Wenn schon Regenkleidung, dann musste es auch das Nonplusultra sein. Mit dem Geld für diese Kleidung hätten sie für Jahre die anfallenden Buskosten bezahlen können.

Heute, drei Tage nach seinem letzten Marktgang, suchte Beeskow seine Freunde am Kaffeestand. Dort saß auch tatsächlich schon Herrmann mit seinem Bürstenschnitt und seinem geröteten Gesicht, das vom jahrelangen Rauchen gezeichnet war. Aber Dorothee mit ihren sanften Augen und den schulterlangen Haaren fehlte.

„Heute ohne Dorothee?", fragte Beeskow und klopfte Herrman auf die Schulter.
„Ich weiß noch nicht, wo das endet. Wir haben uns mal wieder gestritten. Sie wollte unbedingt in einem teuren Cafe ihren Kaffee trinken. Ich sehe das nicht ein. Hier war es doch immer gut, und wir wollten ja auch mit dir zusammentreffen."
Einer der gewöhnlichen Tiefpunkte in einer ansonsten eher harmonischen Ehe, dachte Beeskow. Sie erzählten ihm oft von ihren Kanufahrten auf der Spree, bei denen sie ihn an ihre gemeinsame ehemalige Heimat erinnerten. Dabei versuchten sie ihn immer wieder dazu zu animieren, doch auch einmal wieder dorthin zu fahren. Er aber wollte nicht. Er wollte nicht an seine

glückliche Kindheit erinnert werden, auch nicht an die Zeit, als seine Eltern die politische Schikane als immer unausstehlicher empfanden, auch nicht an seinen eigenen Kummer über die gemeinsame Republikflucht, nicht an den Neubeginn, als er hier seine Frau kennenlernte und daran, dass alles wieder in ihm zusammenbrach, als diese sich von ihm trennte.

Bevor er zum Kaffeestand ging, hatte er heute gleich mit einem Blick festgestellt, dass Elsbeths Mutter immer noch alleine an ihrem Stand war. Das musste er erst einmal verkraften.

„Hallo, da seid ihr ja! Schaut mal, was ich euch mitgebracht habe!"
Es war Dorothee, die plötzlich neben ihnen stand, als wäre nichts gewesen. Sie schwenkte eine prall gefüllte Tüte, die sie auf den Stehtisch legte und öffnete, so dass gleich ein paar Stücke edles Gebäck herauspurzelten, die Beeskow das Wasser im Munde zusammenlaufen ließen.

„Was du da zusammengekauft hast, ist ja teurer, als wenn wir im Theater-Cafe gefrühstückt hätten" meinte Herrmann mit einem fassungslosen Blick auf das Gebäck.
„Da wolltest du ja nicht hin", kam es aus dem schönen Mund zwischen den langen dunklen Haaren.
„Aber jetzt lasst uns doch einfach diese Leckereien genießen."
Sie holte von der Theke drei Tellerchen, bestellte für sich einen Cappuccino, und bald bewirkte ihr

Gespräch, dass sie sich alle im Geiste unter den romantisch überhängenden Weidenzweigen eines Spreeabschnitts befanden, für den sich nun beide begeisterten, als hätten sie nie einen Streit gehabt.

Es war wie damals, als sie sich hier an der gleichen Stelle kennengelernt hatten und Beeskow der brandenburgische Akzent aufgefallen war, den sowohl sie als auch er selber sprachen. Ein wenig wurde Beeskow eingelullt von dieser friedlichen Atmosphäre, bis er plötzlich hellwach wurde, als Herrmann von Schutzgelderpressungen auf dem Refrather Markt erzählte. Es waren Vermutungen, die in der Bevölkerung und unter den Marktbeschickern herumgingen. Er selber hatte bei der Polizei davon noch nichts gehört. Hatte die Mafia einen neuen Versuch gestartet? Er musste unbedingt mit seinem Refrather Kollegen darüber reden.

5. Der Imker und sein Verdacht

Noch scheut er sich, zu Frau Paffrath hinüberzugehen. Als er langsam an dem kleinen Stand des Imkers vorbeikommt, winkt ihn der Mann mit dem gezwirbelten Schnurrbart heran.
„Ich habe gehört, dass die Tochter von Frau Paffrath verschwunden ist. Kennen Sie eigentlich den Journalisten, der sich seit längerer Zeit an sie herangemacht hat?"
Beeskow schüttelt den Kopf.
„Was heißt herangemacht?" Das Wort klingt ihm unangenehm in den Ohren.

Der Imker tritt nun aus seinem Stand mit den Honiggläsern und den unterschiedlich großen Fläschchen mit Bärenfang, dem Honiglikör nach ostpreußischem Rezept, heraus und nähert sich Beeskows Ohren, als wolle er ihm ein Geheimnis zuraunen, obwohl seine Stimme ziemlich laut ist.
„Also, ich beobachte seit längerer Zeit, dass ein Mensch, nicht viel älter als Elsbeth, immer mal wieder mit einem Aufnahmegerät und einem Fotoapparat hier auftaucht und Elsbeth zu einem Interview überreden will. Sie fühlt sich offensichtlich geschmeichelt. Vielleicht gefällt ihr der Mann ja auch. Und Fotos hat er auch schon gemacht. Zu einem Interview ist es aber noch nicht gekommen. Wenn ich das richtig mitbekommen habe, vertröstet sie ihn immer wieder. Auch setzt ihre Mutter immer ein ganz böses Gesicht auf, wenn er eintrudelt. Aber wann hat die kein mieses Gesicht? Einmal hatten Sie Äpfel von Chile im Verkauf, da hat er besonders lange auf sie eingeredet. Und ihr Studium schien ihn zu interessieren. Sie studiert ja nebenbei Kunstgeschichte, wissen Sie?"
„Ich weiß."
„Ach, das wissen Sie? Also, ich dachte, es wäre gut, wenn ich Ihnen das mit dem Reporter sagen würde. Schließlich ist sie spurlos verschwunden. Und Sie verfolgen sicher alle Spuren, oder?"
„Nein, nein. Ich bin damit nicht beauftragt. Aber trotzdem vielen Dank."

Beeskow wendet sich zum Weitergehen, entscheidet sich nun aber doch, Frau Paffrath kurz zu begrüßen.

Ohne sich lange mit Smalltalk aufzuhalten, winkt sie ihn gleich hinter die Spargelschälmaschine. Ihr Gesicht ist wieder ein einziger Vorwurf, als wolle sie sich darüber beschweren, dass er ihr ihre Tochter noch nicht herbeigeschafft hat. Aufgeregt berichtet sie sodann von einem Typen mit Ledermütze, der gestern bei ihr aufgetaucht sei.

„Ich habe gehört, dass Ihre Tochter verschwunden ist", hatte er lauernd das Gespräch begonnen.
„Von wem haben Sie das gehört?" hatte sie unwirsch geantwortet.
Und nun gibt sie den kompletten Dialog wieder:
„Sie kommt bestimmt bald wieder."
„Wie wollen Sie das wissen?"
„Aber die Zukunft. Denken Sie auch an die Zukunft?"
„Was soll der Quatsch?"
„Naja, wie wollen Sie verhindern, dass Ihre Tochter in Zukunft noch einmal verschwindet?"
„Blödsinn!"
„Sie finden das jetzt blösinnig. Aber wir würden Ihnen dabei helfen, dass das in Zukunft nicht mehr passiert."
„Wer sind Sie?" schrie sie. „Machen Sie, dass Sie wegkommen!"

„Da stimmt doch was nicht! Oder was meinen Sie?" wandte sie sich wieder wütend an Beeskow.
„Der wollte doch was von mir. Und das klingt doch so, als hätte er was mit Elsbeths Verschwinden zu tun. Sie müssen unbedingt was unternehmen. Sie und Ihre Kollegen."

Nach ein paar Fragen nach dem Aussehen des Mannes mit der Ledermütze und einer halbherzigen beschwichtigenden Bemerkung wendet sich Beeskow zum Weitergehen. Als litte er selber nicht schon genug unter Elsbeths Verschwinden!

6. Lisbeth und die Bibliothekarin

Manchmal sitzt die Stadtstreicherin Lisbeth wie eine ganz gewöhnliche Passantin in einem der Cafes in der Fußgängerzone, hat ein Eis vor sich in dem italienischen Eissalon neben der Sparkasse, sitzt vor einem Tortenstück im Theatercafe. Dann ist es, als hätte sie ihren Plastikbeutel mit der Schnapsflasche zu Hause gelassen und dann hat sie auch nicht das vom Alkohol gerötete Gesicht, bettelt keinen Nachbarn um 2 € an, das Mindeste, was sie sonst von ihren Mitmenschen verlangt. Es geht sogar das Gerücht um, sie sei gar nicht so mittellos. Heute sitzt sie auf einem der Klappstühle vor dem Bergischen Löwen und isst das preiswerte Mittagsmenü, das dort jeden Wochentag auf einer großen Schiefertafel angeboten wird.

Beeskow grüßt sie kopfnickend, setzt sich an den Nebentisch und bestellt sich eine Apfelschorle bei dem Kellner mit den kurzgeschnittenen Haaren, der ihn wieder herzlich mit seinen schelmischen Augen begrüßt. Es ist aber nicht nur der Schelm, der aus diesen Augen blitzt, sondern ein tiefes Einverständnis mit allen Menschen, die guten Willens sind und Humor besitzen. Und heute ist noch etwas anderes in seinen Augen, fast so etwas wie Sorge, was Beeskow nie bei ihm vermutet hätte.

Das Rätsel löst sich ihm aber gleich, als er sich neben Beeskow an den Tisch setzt und ihn unvermittelt fragt:
„Wissen Sie etwas über Elsbeth? Ich habe gehört, sie ist verschwunden. Aber was heißt das?"
Plötzlich wird Beeskow klar, dass sie beide an der gleichen Krankheit leiden. Kostas' Frage zeugt von mehr als reiner Neugierde.
„Auch das noch!" denkt Beeskow.
„Ich kann Ihnen nicht viel sagen, Kostas. Aber ich habe eine Frage an Sie. Kennen Sie zufällig einen Mann mit einer Ledermütze?"
„Einen Mann mit einer Ledermütze? Ja, klar. Heute hat er hier noch ein Glas Bier getrunken. Ich habe ihn schon mehrmals gesehen, und ich muss Ihnen sagen, dass er mir gleich unsympathisch war. Das passiert mir wirlich nicht oft."
„Kann ich mir vorstellen. Aber ist Ihnen bei diesem Mann irgendetwas aufgefallen? Eine Veränderung in seinem Aussehen oder seinem Verhalten?"
„Nicht dass ich wüsste. Oder doch: Er gab mir heute ein ziemlich üppiges Trinkgeld. Das hat er sonst noch nie gemacht. Aber ist das wichtig?"
Und- nach einer Pause:
„Aber was ist jetzt mit Elsbeth?"
Beeskow zog die Schultern hoch.

Kostas wurde von seinem Kollegen ins Restaurant gewunken, und Beeskow saß alleine vor seiner Apfelschorle. Normalerweise hätte er diesen Moment genossen, im Anblick der bunten Marktstände, der Giebelzacken des historischen Rathauses und der Schatten der großen Bäume. Seine Nase hätte sich noch mehr mit dem Duft der blühenden Linde vor dem Bergischen Löwen vollgesogen, und er hätte sich über die Blüte gefreut, die in diesem Moment aus der Höhe in sein Glas fiel. So fischte er sie nur mit spitzen Fingern aus der Apfelschorle und versank wieder in Gedanken über das Verschwinden von Elsbeth. In diesem Moment sah er eine Frau auf sich zukommen, die von ihren Hunden in zwei entgegengesetzte Richtungen gezerrrt wurde: Frau Sommerfeld. Er winkte sie an seinen Tisch, wo sie sich niederließ und ihre Hunde an einem Stuhl anband.

„Und? Haben Sie was für mich gefunden, Frau Sommerfeld?"
Die Frau mit dem dunklen Pferdeschwanz wartete einen Moment, bis sich Kostas ins Restaurant verzogen hatte. Dann begann sie:
„Sagt Ihnen der Name Skarmeta was?"
Beeskow schüttelte den Kopf.
„Nie gehört. Was ist das?"
„Ein chilenischer Schriftsteller. Der bekannteste chilenische Schriftsteller der Gegenwart. War mal chilenischer Botschafter in Deutschland."
„Hm."
„Von dem hat sie sich einen Roman ausgeliehen. Aber jetzt kommt es. Zusätzlich hat sie zwei Reiseführer über Chile mitgenommen.
Wir haben nur zwei. Die hat sie beide ausgeliehen."
„Chile?" kam es gedehnt aus Beeskows Mund, und seine Stirn legte sich in tiefe Falten.

Plötzlich schaute Frau Sommerfeld erschrocken auf ihre Uhr.

„Ich muss gehen. Meine Mittagspause ist zu Ende."

Während sie mit den widerstrebenden Hunden um die Ecke bog, sah Beeskow den Kellner mit einem kleinen Metalltablett auf sich zukommen und wunderte sich. Kostas wusste doch, dass er im Dienst keinen Alkohol trank! Doch dann wurde ihm gleich klar: Der Ouzo war für Lisbeth, die ihn nahm und mit einem Schluck hinunterkippte.

7. Die Karte

Am nächsten Mittwoch warf Beeskow zuerst einen Blick von ferne auf den Stand von Frau Paffrath. Er sah gleich, dass sie nach wie vor alleine da war. Wieder gab es ihm einen Stich ins Herz. Dann ging er hinter der Villa vorbei zum Rondellchen. Atze saß auf der halbrunden Drahtbank neben einer jungen Frau, die seit einem Jahr verzweifelt versuchte, eine Unterkunft zu finden. Der Polizist hörte eine Zeitlang zu, ohne etwas zu sagen.

Plötzlich wandte sich Atze an ihn:
„Herr Beeskow. Ich habe mich umgehört. Und wissen Sie was? Mittlerweile wurde zweimal Tönnes, der Kölner Drogenhändler, am Abend im Rosengarten gesehen. Kennen Sie ihn?"
„Den Namen habe ich schon einmal gehört. Aber Genaueres weiß ich nicht."
„Er ist in Köln stadtbekannt. Und wird immer mit Zuhälterei in Verbindung gebracht. Zwangsprostitution. Man konnte ihm aber noch nie etwas nachweisen."
„Ach ja, jetzt erinnere ich mich."

Nun lief es Beeskow kalt den Rücken herunter. Seine Kollegen waren auf seinen Tipp hin mehrmals am Abend im Forumspark und im Rondellchen gewesen, hatten aber nichts Verdächtiges entdeckt. An den Rosengarten hatten sie vielleicht nicht gedacht.

Lisbeth war heute nicht im Rondellchen zu sehen. Beeskow traf sie später auf der Bank vor der Laurentiuskirche. Als sie ihn sah, winkte sie ihn zu sich:
„Ich hann jät fö dich."
„Was denn, Lisbeth?"
„Ävver dat koss 2 €."
„Wie soll ich denn wissen, ob das 2€ wert ist?"
„Ich sare nur eins: Schiele. Poss us Schiele."
„Chile? Wie kommst du denn auf Chile?"
Nun wurde Beeskow doch neugierig. Dann wurde er aufgeregt.
Er griff sich sein Portemonnaie aus der Hosentasche und fingerte ein Zweieurostück heraus. Als Lisbeth es in der Hand hielt, ließ sie es in den Plastikbeutel fallen, der neben ihr auf dem Boden stand, angelte eine Karte heraus und gab sie dem Polizisten.

Als erstes fiel Beeskow eine Briefmarke mit dem Wort Chile auf. Die Karte war an Frau Paffrath gerichtet. Sie enthielt nicht viele Zeilen. Nur Grüße von Elsbeth aus Chile und das Versprechen, bald würde ein Brief folgen. Ungläubig schaute Beeskow die Stadtstreicherin an, deren Gesicht schon wieder eine verdächtige Rotfärbung aufwies.
„Wo hast du die denn her?"

„He!"
Lisbeth zeigte auf den städtischen Mülleimer, der sich neben der Drahtbank befand.
„Aus dem Mülleimer? Das glaubst du doch selbst nicht."
„Wenn ich et dir sare."
„Seit wann fischst du denn Postkarten aus dem Mülleimer?"
Beeskow wusste, dass Lisbeth ständig Mülleimer nach leeren Flaschen oder Dosen durchsuchte, die sie anschließend im Supermarkt in Geld beziehungsweise Bier oder Schnaps umwandelte.
„Die Kaat fehl mir op, wäjen der Freimark. Weil do Schiele dropstund. Un Uhr hat jo dauernd vun Schiele jeschwaat."
Nun war Beeskow alles klar. Sie hatte seinem Gespräch mit Frau Sommerfeld am Mittwoch gelauscht.
„Lisbeth, ich danke dir. Du hast mir bestimmt geholfen."
„Ess ald joot. Ess ald joot."
Nun griff sie wieder in ihren Plastikbeutel, nahm einen Schluck aus einer Schnapsflasche und zog leise singend über den Markt Richtung Fußgängerzone davon.

Wie kam diese Karte in den Papierkorb? Beeskow ahnte schon etwas. Aber das musste er gleich klären. In einer Nebengasse des Markts befand sich der Gemüsestand von Frau Paffrath. Als er in diese Gasse einbog, sah sie ihn schon kommen und hatte wieder ihr abweisendes Gesicht aufgesetzt.

Er hielt ihr die Ansichtskarte entgegen.

„Frau Paffrath, kennen Sie diese Karte?"
Die Marktfrau stutzte, als sie die Karte sah. Dann machte sie sich brummend an ihrer Spargelschälmaschine zu schaffen.
„Frau Paffrath, das ist eine Karte von Ihrer Tochter. Aus Chile."
„Ich weiß", brummte sie.
„Lisbeth hat sie mir gegeben."
„Elsbeth? Quatsch! Die ist doch nicht hier!"
„Die Stadtstreicherin Lisbeth, nicht Elsbeth."
Nun winkte sie ihn wieder hinter die Spargelschälmaschine. Erklärte ihm missmutig, dass sie die Karte heute erhalten hatte. Und sie voller Wut gleich in den Papierkorb geworfen hatte.
„Haut einfach ab und schickt mir dann eine Ansichtskarte! Jetzt spinnt sie doch endgültig."
„Aber Frau Paffrath, seien Sie doch froh, dass ihr nichts passiert ist. Ich hatte mir schon alles mögliche Schlimme ausgemalt."
„Meinen Sie, ich nicht? So etwas von Undankbarkeit!"
„Sie verspricht Ihnen auf der Karte doch noch einen Brief. Warten Sie doch einmal ab. Auf jeden Fall können wir zuerst einmal aufatmen."
Hatte er „wir" gesagt? Und was hieß hier „aufatmen"? Sie war auf jeden Fall weg. Und wieso? Mit wem womöglich? Als er Frau Paffrath verließ, hatte er das Gefühl, dass er sie getröstet hatte, er selber aber wieder in dieses tiefe Loch zu fallen drohte.

8. Der Brief

Drei Tage später, am Samstag, kommt Beeskow an einem anderen Gemüsestand vorbei. Seine Augen schweifen über Neuseeland- Kiwis, französische Artischocken, belgische Tomaten und bleiben auf China-Ingwer hängen. China erinnert ihn an Chile. Manchmal wurden Äpfel aus Chile angeboten. Das Wort schlägt ihm auf den Magen. Was macht sie nur in Chile?

Zwei dicke Frauen unterhalten sich vor einem Stand mit Seidenschals. Er hört die eine patzig sagen:
„Ich kuck ja da nicht aufs Geld. Wofür hab ich denn gearbeitet mein Leben lang?"
Neben ihnen stehen ein paar Leute, die von jemandem reden, der eine Arthoskopie hatte durchführen lassen.
„Das bringt aber nicht viel", hörte er noch.
Dann: „Ich bin ja von Natur aus neugierig. Wenn ich alles weiß, dann es et joot."
„Jooh?" die erstaunte Antwort.
Am Stand mit Eiern und Nudeln bediente eine freundliche Oma:
„Ja, selbstverständlich." „Bitteschön. Bitteschön."
Ganz anders als Frau Paffrath, dachte er.
Er sah noch einen Dicken, der mit einer Serviette den Biertisch vor sich abwischte, hörte einen anderen „Schönes Wochenende!" wünschen, als er Frau Paffrath erblickte, mit einem anderen Gesicht als sonst. Sie wedelte ihm mit einem Brief zu, den sie in der Hand hielt.
„Post von Elsbeth!" rief sie ihm zu, als sei sie die Freundlichkeit und Zuversicht in Person.
„Hier, den können Sie mal in Ruhe lesen. Wenn Sie fertig sind, bringen Sie ihn wieder zurück."

Beeskow nahm den Brief und begab sich zu der Bank vor der Laurentiuskirche. Hastig öffnete er den Umschlag. Ein merkwürdiges Gefühl, auf einmal einen Brief von Elsbeth in der Hand zu halten. Als befände er sich plötzlich in Ihrem Zimmer oder als seien sie zusammen irgendwo unterwegs.
„Liebe Mama", las er,

„sei bitte nicht böse, dass ich einfach so verschwunden bin. Aber es ging nicht anders. Du hättest mich nicht gehen lassen. Und ich musste gehen, wegen Marco und wegen des Abendlichts in Vicunja. Beides wirst du zunächst nicht verstehen. Deshalb möchte ich es dir ausführlich erklären."

Marco, es gab also einen Marco. Wieder spürte Beeskow diese Stiche in der Herzgegend. Ein leichter, erfrischender Wind spielte in der großen Kastanie gegenüber und in der Linde, um die sich seine Bank zog. Warum saß sie nicht neben ihm hier auf der Bank und ließ ihn ihre Hand halten?

Er zwang sich weiterzulesen:

„Du kennst Marco, wenn auch nicht seinen Namen. Ja, es ist der Journalist, der uns schon öfter „belästigt" hat wegen eines Interviews, welches er mit mir machen wollte. Beide haben wir ihn abgelehnt, du, weil du –leider- fast immer alles Ungewohnte ablehnst. Sei bitte nicht böse über diese Bemerkung, aber es ist leider so. Ich lehnte die Interviews aus einem anderen Grunde ab. Es war mein Gefühl, das ich sofort hatte, als er zum ersten Mal auftauchte. Ich wusste, dass er mein Leben entscheidend verändern würde, wenn ich mich nicht von ihm fernhalten würde. Und nun hat er es verändert, aber so, wie ich es mir immer gewünscht habe.

Du weißt selber, dass ich gerne mit dir als Marktfrau arbeitete, vor allem auf dem Gladbacher Markt, den ich immer als sehr schön und als meine Heimat empfand. Du hast aber auch meine Versuche miterlebt, über diesen gewohnten und geliebten Rahmen hinauszuschauen. Einen Menschen, mit dem ich das gemeinsam konnte, hatte ich aber bisher nicht gefunden. Und es gab einen Versuch, den ich im Nachhinein genauso verurteile wie du. Ich meine, meine Kontakte zur Kölner Drogenszene. Ich bin heilfroh, dass ich damals den Absprung geschafft habe. Wahrscheinlich habe ich das zu einem großen Teil auch dir zu verdanken, Mama.

Mein Studium hast du fast in gleicher Weise verurteilt. Das finde ich nicht fair. Man kann im Leben nicht immer nur auf das unmittelbar Nützliche schauen. Dann schließt man sich selber in ein Gefängnis ein. Und zusätzlich hat deine Ablehnung unsere Beziehung zueinander sehr gestört. Nun studiere ich- zumindest im Moment- gar nicht. Etwas anderes ist an die Stelle des Studiums getreten, meine Liebe zu Marco und –halte mich nicht für verrückt!- das Abendlicht auf den Bergen der Anden. Dazu muss ich aber ein wenig ausholen."

Beeskow las nun –fast atemlos- weiter:

„Marco kam mit seinen Eltern aus Chile, weil die wegen ihrer politischen Überzeugung Schwierigkeiten in der Pinochet-Diktatur hatten. Als er vor ein paar Jahren den Versuch machte, in seiner alten Heimat als Journalist Fuß zu fassen, musste er feststellen, dass die Schatten der Diktatur immer noch über dem Land lagen. In unseren Gesprächen hier nach dem Ende des Markts und einige Male auch in der Uni, wo er mich abpasste, wenn ich dort war, überzeugte er mich schließlich davon, dass ein Neuanfang in Chile für uns beide das Richtige sein würde. Natürlich kam etwas hinzu, was ich dir sicher nicht zu erklären brauche: Wir verliebten uns beide Hals über Kopf ineinander. Du kannst dir gar nicht vorstellen, was Marco für ein wunderbarer Mensch ist. Ich hoffe ja, dass du uns bald einmal hier in Vicunja besuchen wirst. Dann wirst du es selber sehen, wenn du deinen eigenen Starrsinn besiegen kannst. Entschuldige diesen Ausdruck. Aber du bist ja auch immer für Ehrlichkeit gewesen, und darin stimmen wir auf jeden Fall überein.

Was ist Vicunja? Ein kleine Stadt mit vielen alten bunten Häusern, teilweise aus Holz, eine Busstunde nördlich der Hauptstadt Santiago. Ein Teil von Marcos Familie stammt von hier, so trifft er dort auf etliche Bekannte und Verwandte. Das ist einerseits angenehm, andererseits können sie einem auch ganz schön auf den Wecker gehen. Bisher schaffen wir es aber, unser eigenes Leben zu führen. Marco hat eine kleine Onlinezeitung gegründet, die sofort Anklang gefunden hat, und wir arbeiten gemeinsam auf dem Markt von Vicunja. Wir haben schon damit begonnen, die Produkte von kleinen Bauern aus dem Elqui-Tal zu vermarkten, einem schönen langgezogenen Tal, das unmittelbar hinter Vicunja in die Anden führt. Für mich aber ist das Schönste neben unserer Liebe, wenn ich am Abend auf das Licht auf den Bergen schaue. Du siehst sozusagen Silber und Gold übereinander, das silberne Glitzern auf dem Schnee der hohen Gipfel und das warme Gold, in dem die kahlen Berge weiter unten leuchten. Unser Stand gibt mir den Blick nach Osten frei, so dass ich manchmal von meinem Arbeitsplatz aus diese herrliche Ansicht genießen kann. Ich muss dir ehrlich sagen, das fehlte mir auf dem Gladbacher Markt, obwohl ich es ja früher gar nicht kannte. Aber da leuchtet über dem Wohlbekannten so etwas wie Hoffnung, Freiheit und Offenheit auf, was meinem Leben einen Sinn gibt. Natürlich neben dem Sinn, den mir Marcos Liebe gibt. Wie die beiden miteinander zusammenhängen, kann ich gar nicht sagen. Ich wage mir gar nicht vorzustellen, wie es wäre, wenn eines von beiden fehlte. So auf jeden Fall bin ich glücklich, wie ich es nie war. Und das möchte ich dir gerne zeigen, liebe Mama. Gib dir zuerst einfach einen Ruck, und schreibe mir. Dein Brief braucht ja nicht so lang zu sein wie meiner.

Deine Elsbeth

P.S. Viele Grüße auch von Marco"

Als Beeskow von seiner Lektüre aufschaute, spürte er zuerst so etwas wie eine große Leere in seinem Inneren. Wie aus Trotz schien aber sein Blick nach außen umso geschärfter zu sein. Er sah, wie ein leichter Wind die Fahnen vor dem Rathaus blähte. Vor ihm landete eine Taube zwischen den Versorgungsleitungen, als gehöre der Marktplatz ihr alleine. Lindenblüten mit ihren Flugblättern segelten in einem plötzlichen Wirbel. Dann wieder Ruhe. Vier Männer standen zwischen ihm und den nächsten Marktbuden und unterhielten sich auf Türkisch. Einer sprach mit ausholenden Gebärden. Auf der Rathaustreppe ließ ein Fotograf eine Hochzeitsgesellschaft posieren. Kinder trällerten den Hochzeitsmarsch, taa-tataa.

Beeskow fiel ein, dass er den Marktplatz auch mochte, wenn er ganz leer war, seine Weite, in der man sich verlieren konnte, die aufgepflasterten Wellen aus Porphyrstein. Er spürte dann ein eigenartiges Zusammenfallen von Verlorensein, Aufgehobensein und Besitzen. Vielleicht genügte den Menschen das in ihrer Kindheit, vielleicht auch im Alter. Nur in ihrem Mittelalter brauchten die meisten vielleicht noch etwas anderes, etwas, was von vielen als Perspektive bezeichnet wurde, Hektik, Betriebsamkeit. War also alles nur eine Altersfrage? Waren er und seine Frau damals einfach unterschiedlich alt gewesen, er immer noch ein Kind, oder schon ein weiser Alter, sie in einer Lebensmitte, in der er nie angekommen war? Und nun war es mit Elsbeth und ihm wieder dasselbe. Das konnte man nicht ändern. Immerhin blieb ihm der Markt, die ganze Innenstadt und sein Beruf. Der Markt blieb ihm sogar noch, wenn sein Beruf einmal zu Ende wäre.

Vielleicht säße er dann auch hier alleine auf der Rundbank, und es wäre zwölf Uhr, und hinter sich hörte er wie jetzt die Glocke der Laurentiuskirche. Und kurz danach würden sich wie heute die Rathausglocken beeilen, hinterherzukommen. Eine Sirene meldete die Ansprüche der Industrie an. Die Lindenblüten zu seinen Füßen würden von einer plötzlichen Bö im Kreis gewirbelt, er erinnerte sich an die Lindenalleen seiner Kindheit im Osten. Die geistlich-weltliche Glockenzeremonie klänge in dem ausdauernden Läuten von Laurentius aus. Noch ein Glockenschlag. Noch einer. Stille. Sollte hier angedeutet werden, wo die eigentliche Macht in diesem Lande lag, oder war das lediglich eine nostalgische Erinnerung?

Ein Mann mit einem Bürstenschnitt und einem geröteten Gesicht und eine Frau mit sanften Augen und schulterlangen Haaren tauchen plötzlich neben den vier türkischen Männern auf. Beeskow erkennt sie zuerst nicht wegen ihrer ungewohnt vornehmen Kleidung. Es sind Herrmann und Dorothee.
„Wir haben dich schon gesucht. Heute ist unser Hochzeitstag. Wir wollten dich zum Essen einladen. In den Bergischen Löwen."

Wie benommen folgt ihnen Beeskow zu den Tischen und Stühlen am Rande des Markts. Als sie Platz genommen haben und der frohgelaunte griechische Kellner ihnen den bestellten Aperitiv hingestellt hat, sie sich zuprosten wollen, bemerken seine Freunde, dass Beeskow immer noch den Brief in der einen Hand hält. Dorothee fragt ihn:
„Was hast du denn da für einen Brief?"

„Von Elsbeth."
„Von Elsbeth?"
Beider Augen weiten sich.
In diesem Moment beginnt das Glockenspiel vom Bürgerhaus. In ungelenkem Rhythmus ertönt die Melodie des Volkslieds „Wem Gott will rechte Gunst erweisen, den schickt er in die weite Welt."

Die Immerwährende

„Ähnlichkeiten mit lebenden Personen ergeben sich zwangsläufig aus der begrenzten Einwohnerzahl unserer Lebenswelt und der hoffentlich ungezügelten Phantasie der Leser."

1

An diesem Septembertag herrschte noch immer der Sommer. Aber durch die diesige Luft hindurch kündigten sich schon die ersten Herbsttage an. Noch immer schlug Serafiniaks Herz, wenn er Gudrun ansah, ja, schon bevor er sie traf. Noch immer zogen ihre plastischen Lippen ihn an, versetzten ihn in ein endloses Grübeln. Noch immer übten ihre Augen diese magische Wirkung auf ihn aus. Doch gleichzeitig stellte er –wieder wie beim letzten Mal- befremdet fest, dass es nicht mehr die gleichen waren wie früher, als sie ein Abgrund waren, in dem er versank.

Sie stand vor den kleinen Holzschnitten in der Ausstellung „Totentänze" auf der ersten Etage der Villa und erklärte mit ihrer irritierenden Stimme die Szenen, in denen der Tod die Menschen aller Schichten mit seiner unbarmherzigen Gerechtigkeit verfolgte, den Blinden triumphierend an einem Stock hinter sich herzog, dem mächtigen Fürsprecher die Sanduhr über den Kopf hielt, ohne dass der es wahrnahm, sich dem Ratsherrn tückisch in den Weg legte. Serafiniak fiel auf, dass sie den letzten Holzschnitt von Hans Holbein dem Jüngeren ausließ. Als er näher trat, sah er den Titel

„Der Bettler". Es war das einzige Bild, auf dem der Tod nicht intervenierte. Der Bettler mit seinen Krücken saß mit nacktem Oberkörper vor den Toren der Stadt, hob flehend sein Gesicht zu den Vorübergehenden und hielt seine gichtigen Hände hoch. Hatte der Künstler die Figur des Todes hier vergessen? Und warum erwähnte Gudrun dieses Detail nicht? Serafiniak hatte sie doch immer bewundert, weil ihr nie etwas Wichtiges zu entgehen schien. Kaum erfüllte ihn ein Gedanke, den er ihr mitteilen wollte, so hatte sie ihn zu seiner häufigen Verblüffung selber ausgesprochen.

Im nächsten Raum blieb Gudrun mit ihrer Gruppe vor den Holzschnitten von Rethel stehen.
„Wie mondän sie heute gekleidet ist!" dachte Serafiniak.
Zu einem engen violetten Rock, der die Knie bedeckte, trug sie eine ausgestellte glänzende rosa Bluse mit einem bukettartigen Schmuck in der Farbe des gerippten Rocks. Auch ihre Lippen waren in der gleichen Farbe geschminkt. Hatte sie die früher überhaupt geschminkt? Als ihm die saloppe Kleidung einfiel, die sie früher trug, und in der er sie ein wenig als Hippiemädchen bewundert hatte, überkam ihn fast so etwas wie Wehmut.

„Hier sehen Sie einen der bedeutendsten Maler und vor allem Zeichner des 19. Jahrhunderts, Alfred Rethel. Auf diesem Holzschnitt-Zyklus hat er den Totentanz in die Szenerie der Revolution von 1848 verlegt." Während Gudrun mit der Linken auf den Holzschnitt-Zyklus wies, hatte sie ihren schlanken rechten Arm in die Hüfte gestützt, eine Pose, die er noch nie an ihr gesehen hatte, von der aber die anderen Teilnehmer der Führung eher fasziniert zu sein schienen. Die zehn meist älteren Kunstinteressierten lauschten auf jeden Fall andächtig ihrer hellen merkwürdigen Stimme. Ab und an beugte sich einer vor, um die Einzelheiten der diffizilen Zeichnungen genauer in Augenschein zu nehmen.

„Die Kämpfer auf den Barrikaden stürzen rücklings in den Abgrund, von den Kartätschen der Soldaten getroffen", beschrieb Gudrun routiniert weiter, als hätte sie die Tätigkeit einer Museumsführerin seit ewigen Zeiten ausgeführt.
„Der Anführer der Barrikadenkämpfer ist ein Totengerippe mit Sporen an den Füßen. In der Rechten hält er die Fahne der Revolution, mit der Linken schlägt er seine Militärjacke zurück, so dass sein Gerippe zu sehen ist."

Gudrun ging mit der Gruppe schon weiter, als Serafiniak einen Blick auf die Holzschnitte auf der gegenüberliegenden Wand warf. Auch hier war der Barrikadenkampf der 48er Revolution dargestellt, von einem anderen Maler. Er beugte sich nahe an eine Zeichnung heran, auf der der Tod als Sensenmann dargestellt war. Als er sich wieder aufrichtete, stieß er beinahe mit der Frau zusammen, die er vorher schon bemerkt hatte, weil sie anders schaute als die anderen. Sie sahen sich kurz an und lächelten beide.

Die Frau meinte leise:
"Der Tod als Sensenmann."

Sie hatte Recht. Die Köpfe und Körper der niedergemetzelten Menschen lagen als Teil der Erde am Boden und bildeten den Nährboden für das Getreide, das daraus hervorwuchs.
„Es ist ein Schnitter, der heißt Tod", fügte sie hinzu.
Aber wie sah dieser Schnitter aus? Sein Helm mit wehendem Busch und die zum Schwert gewordene Sichel wies ihn eindeutig als Soldaten oder Offizier des Militärs aus, wie es 1848 in vielen Städten Deutschlands die aufbegehrende Bevölkerung niedergemacht hatte.
Serafiniak schaute kurz auf das Gesicht seiner Nachbarin. Sie meinte: „Der Maler Eduard Ille stellt sich hier eindeutig auf die Seite der revolutionären Massen. Anders als Alfred Rethel."
Die scheint sich ja auszukennen.

Als fühlten sich beide ertappt, versuchten sie schleunigst, wieder den Anschluss an die Gruppe zu bekommen, die mitterweile den nächsten Raum betreten hatte.

2

„Du kennst dich doch aus in dieser schönen Stadt. Wo können wir denn eine Kleinigkeit zu Mittag essen?"
Gudrun hakte Serafiniak unter, als sie nach der Führung aus dem herrschaftlichen Portal der Villa traten und sie die warme Weite des rötlichen Porphyrpflasters auf dem Marktplatz umfing.
„Habt ihr nicht in der Nähe das berühmte Restaurant im Schloss?"

„Das meinst du doch nicht ernst. Und eine Kleinigkeit gibt es da schon gar nicht.".
Serafiniak wusste nicht genau, ob es nur ein Spaß gewesen war. Was hatte sich da aus seiner Hippiefrau entwickelt!
„War doch nur ein Witz!" meinte sie beschwichtigend, als sie sein Erschrecken bemerkte. Aber war es nicht eher ein Versuchsballon als ein Witz gewesen?
„Also, was gibt es hier in der Nähe, wo man vernünftig essen kann?"
„Hier gleich gegenüber liegt der Bergische Löwe. Da gibt es an Wochentagen immer mehrere preiswerte Menüs."
„Dann nichts wie hin!"

„Er liebt mich, musst du wissen", meinte Serafiniak, als der Kellner ihn beim Eintreten umarmte, als hätte er sich seit Jahren auf ihn gefreut.
Es überraschte Serafiniak nicht, als sich Gudruns Mundwinkel leicht nach unten verzogen. Das war aber nicht wegen der Begrüßung. Er hatte schon damit gerechnet, dass die plüschige Atmosphäre des Restaurants sie nicht gerade in Begeisterungstürme ausbrechen lassen würde. Ihre schlanken Hände schienen fast einen Ekel zu empfinden, als sie auf die Stühle mit den dunkelbraunen Lehnen und dem orangefarbenen Blumenmuster zusteuerten. Ein kleines Lächeln fand erst auf ihr Gesicht zurück, als der junge, drahtige Kellner auf sie zustürzte und sie mit einem dieser Stühle elegant-ironisch an den weißgedeckten Tisch mit der orange Oberdecke heranschob. Als er ihre Bestellung aufnahm,

spiegelte sich in seiner Miene die ganze Diskrepanz dieser beiden ungleichen Personen, dieses nicht besonders schönen alten Mannes und seiner unpassend hübschen Begleitung, von der man nicht wusste, ob man sie als jung oder als reif bezeichnen musste.

Nach der einfachen Tagessuppe stellte Kostas Serafiniak das Bauernomelett und Gudrun ihr Hähnchenschnitzel hin mit der Bemerkung:
„Zweimal Forelle Blau, die Herrschaften."
Gudrun wollte protestieren, als Kostas ihr beruhigend die Hand auf die Schulter legte und meinte:
„Ist nur ein Witz, gnädige Frau."
Dabei streichelte seine Hand ausgiebig über Gudruns schlanke Schulter, als könne er ihre Eigenart dabei genau erfassen. Gudrun nahm seine Hand von ihrer Schulter und meinte scharf:
„So bringen Sie Ihr Land aber nicht wieder nach vorne."
Einen Moment stutzte Kostas. Solche Bemerkungen war er von Serafiniak nicht gewohnt. Dann meinte er:
„Gnädige Frau, der Unterschied zwischen unseren Ländern besteht darin, dass in Griechenland die Korruption öffentlich geworden ist. Die Gemeinsamkeit besteht darin, dass die Schuldigen nicht bestraft werden."
„Und warum, meinen Sie, kommt sie in Deutschland nicht so ans Tageslicht?"
„Die Intelligenz eines Landes tobt sich nicht nur in seiner Korruption aus, sondern viel mehr noch in

ihrer Verbergung. Und die Deutschen sind nun einmal intelligenter als wir."
Dann wünschte er guten Appetit.
Gudrun verzog ihren hübschen Mund nach unten, in einer seltsamen Mischung aus Anerkennung, Verwunderung und Verachtung.

„Kann man diesen Kellner nicht bewundern wegen seiner Schlagfertigkeit und seiner frechen Liebenswürdigkeit?" meinte Serafiniak, während er seinen Nachtisch in sich hineinlöffelte.

„Bewundern finde ich etwas übertrieben. Ich habe dich bewundert, als du noch Vorlesungen hieltest und vor allem, als du damals die Führungen über die Fassaden der Gründerzeit anbotest."
„Ich weiß."
„Und heute? Machst du sie noch immer?"
„Es ist leider kein Interesse mehr dafür vorhanden. Das macht sich in der Lokalpolitik bemerkbar. Immer häufiger wird über alte Bauten in rüder Weise hinweggegangen. Unsere Stadt hat nicht viele historische Gebäude. Umso mehr müsste man die vorhandenen pflegen."
„Aber das sieht doch hier ziemlich gepflegt aus."
„Ja, hier am Marktplatz ja. Aber das ist leider nicht überall so. Da wurde doch tatsächlich geplant, das älteste profane Gebäude der Stadt kurzerhand abzureißen, um es in ein Museum im Bergischen zu versetzen."
„Nein!"
„Doch. Und das nur, um eine unsinnige Straßenerweiterung vornehmen zu können. Und vor kurzem wurde die Schauseite von einem der

wenigen alten Gebäude in Bensberg einfach zugebaut. Danach wird von der Politik lauthals gefeiert, dass überhaupt gebaut wird. Das ist das Wichtigste. Lücken schließen, egal wie. Und Vorrang hat immer der Verkehr. Dabei bin ich überzeugt, dass der in einigen Jahren sowieso zusammenbricht, wenn nicht völlig neue Visionen über unsere Infrastruktur entwickelt werden. Aber da ist weit und breit nichts in Sicht."
„Aber du, du hast doch Visionen, wie ich dich kenne. Warum verbreitest du sie nicht?"
Serafiniak lachte ein bitteres Lachen.
„Dazu müsste ich entsprechende Verbindungen haben."
„Und warum hast du die nicht? Die kann man sich doch schaffen. Das habe ich mittlerweile gelernt."
Serafiniak warf einen langen Blick auf ihren schönen geschminkten Mund und die glänzende rosa Bluse, an der jetzt die obersten zwei Knöpfe offenstanden, so dass ein klein wenig der Spalt zwischen ihren Brüsten sichtbar wurde.
„Ja, das weiß ich", erwiderte er. „Aber ich weiß auch, dass man einen Preis dafür zahlen muss."
Und –nach einer kurzen Pause:
„Wie kamst du eigentlich dazu, die Möglichkeit zu der Führung in der Ausstellung zu bekommen?"
„Ich habe deine Frage befürchtet. Aber ich will dir gleich reinen Wein einschenken. Ich habe da eine bestimmte Position angepeilt. Und ich habe einen mächtigen Fürsprecher. So ist das. Aber ohne das kann man in meinem Beruf nichts werden."
„Ist mir klar. Die Frage ist nur immer der Preis."
„Der geht dich nichts an."
„Das stimmt."

„Die nächste Ausstellung wird ein ganz besonderer Leckerbissen sein, den sich Bergisch Gladbach normalerweise nicht leisten kann."

„Und wieso jetzt doch?"

„Weil sie gesponsert wird."

„Von deinem Fürsprecher?"

„Darüber schweigt des Sängers Höflichkeit."

3

Jetzt, Anfang Oktober, waren sie nur noch drei oder vier, die an ihrem Treff hinter der Villa bis in die Nacht hinein geblieben waren. Sie lagen auf dem kleinen Rasenstück neben der runden Drahtbank, der der Platz den Namen Rondellchen verdankte. Mit den Bierflaschen in der Hand, unterhielten sie sich leise. Für die Jahreszeit war es erstaunlich warm, und ein halber Mond leuchtete hinter ein paar lockeren Wölkchen hervor. Plötzlich tauchte vor ihnen jemand auf, den sie hier noch nie gesehen hatten.

„Sie kennen sich doch sicher hier gut aus, oder? Ich meine, Sie haben doch sicher beobachtet, wie weit die Strunde bei der Überschwemmung über die Ufer getreten ist", sprach Serafiniak sie an.
Einen Moment lang stutzten sie, dann erhob sich einer von ihnen und trat mit dem Neuankömmling bereitwillig an das gewundene Ufer, hinter dem das

ortsprägende Flüsschen sogar eine kleine Insel bildete, als erhebe es Anspruch auf mehr als diesen kurzen Abschnitt, in dem es nach den Jahren der Kanalisierung wie aus einer Verbannung wieder hervorgeholt worden war.

Der junge Mann mit der Bierflasche in der Hand, aus der er ab und zu einen Schluck nahm, zeigte ihm, wie hoch das Wasser gestiegen war, und betonte, dass die ganze Insel natürlich auch verschwunden war. Jetzt noch sah man Reste von Papier und anderem Unrat in den Zweigen der Büsche hängen.

„Ich wollte mich nur selbst überzeugen, ob das, was in den Zeitungen alles so zu lesen ist, der Wahrheit entspricht", meinte Serafiniak.

„Ja, über uns wird ja auch so manches berichtet, was nicht stimmt. Als wenn von uns eine große Gefahr ausgehe. Dabei sitzen oder liegen wir hier nur friedlich und trinken unser Bierchen."

„Übernachten Sie auch hier?" fragte Serafiniak spontan. Einen Moment später bereute er seine Frage. War das nicht indiskret?

Seine Frage wurde aber wie selbstverständlich aufgenommen.

Ein anderer mit kurzgeschorenem Haar antwortete: „Wir sind keine Penner, wenn Sie das meinen. Die meisten von uns haben eine Unterkunft, manche allerdings nur eine Notunterkunft. Nur der Rumäne hier" –dabei wies er auf den jungen Mann, der Serafiniak das Ufer gezeigt hatte –„nur Vlad hat im Moment nichts. Der schläft manchmal hier."

„Sie haben gar nichts?"

Serafiniak war erstaunt. Der Mann, den sie mit dem Namen Vlad anredeten, machte auf ihn einen ungewöhnlich ordentlichen und intelligenten Eindruck. Er sprach zwar Deutsch mit Akzent, aber ansonsten ziemlich flüssig und richtig. Wieso hatte dieser Mann keine Unterkunft?
„Aber die Stadt hat doch Notunterkünfte. Würden Sie denn in eine Notunterkunft ziehen?"
„Ja, natürlich würde ich das."
„Da brauchen Sie doch nur zum Sozialamt zu gehen und sich eine Notunterkunft geben zu lassen."
An Vlads Schweigen und auch dem der anderen merkte Serafiniak, dass da irgendein besonderes Hindernis vorlag.
Dann rückte Vlad mit seiner Drogenabhängigkeit heraus, fing an zu erzählen und wurde immer trauriger, klagte über sein Schicksal, vor allem aber über sich selber, und wie sehr er selber an seinem Schicksal schuld sei. Nun merkte Serafiniak erst, welche Höhe der Alkoholpegel in seinem Gegenüber schon erreicht hatte. Trotzdem zweifelte er an keinem Detail, welches er erzählt bekam. Warum auch?
„Wissen Sie was", meinte er, „ich tauche morgen hier wieder auf, und dann gehen wir gemeinsam zum Sozialamt. Einverstanden?"
Der Rumäne nickte, als habe er schon auf das gewartet, was Serafiniak da vorschlug.

„Vielleicht brauchen sie nur für eine kurze Zeit jemand, der sie vertrauensvoll an die Hand nimmt", dachte Serafiniak. „Vielleicht sind sie wie Leute, die wieder zu Kindern geworden sind, aus welchen Gründen auch immer. Und danach können sie wieder als Erwachsene ihr eigenes Leben führen, wenn man sie lässt und sie die Möglichkeit dazu haben."

4

Am nächsten Tag holte Serafiniak, wie verabredet, Vlad im Rondellchen ab, überquerte die Straße zum Stadthaus und wurde von Vlad zu dem Zimmer des Sachbearbeiters geführt, den er schon kannte, wie sich nun zeigte, und zu dem er sich alleine nicht traute, vielleicht, weil es einmal eine Auseinandersetzung mit ihm gegeben hatte.
„Wenn ich zu viel getrunken habe, kann ich sehr ungerecht sein. Die Schuld an meinem Unglück gebe ich dann den anderen. Und ich verrate Ihnen auch, dass ich manchmal gewalttätig werde. Sie glauben gar nicht, wie dankbar ich Ihnen bin, dass Sie sich um mich kümmern. Ich werde meiner Mutter sagen, dass sie für Sie beten soll."

Serafiniak war erstaunt, wie unkompliziert der Zugang zu dem städtischen Beamten war, und nach einem kurzen Gespräch hatte Vlad die Zusage, dass er in einer städtische Notunterkunft aufgenommen werden sollte.

„Sie sind der Engel meiner Zukunft", bedankte sich Vlad bei dem Beamten. Draußen auf dem Flur umarmte Vlad Serafiniak und fragte:
„Gehen Sie noch mit mir in die Laurentiuskirche?"
„Jetzt gleich? Warum?"
„Ja, in die Kirche am Marktplatz. Dort betet meine Mutter manchmal für mich vor der

Immerwährenden. Aber meine Muttter ist für mich die eigentliche Immerwährende, wenn Sie wissen, was ich meine."
Als er das sagte, liefen ihm die Tränen über die Wangen.

Die hellste Stelle in dem dunklen Raum der Laurentiuskirche zog den Blick zum linken Seitenschiff, wo eine Fülle von Kerzenlicht eine warme Decke über ein Bild und zwei davor knieende Gläubige breitete. Als Serafiniak und Vlad vor dem Bild von der Madonna von der Immerwährenden Hilfe standen und Vlad eine Kerze in dem Sandkasten aus Blech vor dem Bild angezündet hatte, meinte er nach einer Weile zu Serafiniak:
„Dieses Bild erinnert mich auch an meine Großmutter. Sie sagte immer: ‚Junge, wenn du die Immerwährende nicht vergissst, bist du nie verloren.' Irgendwie glaube ich daran, obwohl ich sozialistisch erzogen wurde. Dabei habe ich mich selber nie als religiösen Menschen betrachtet. Doch liebte ich die Kirchen in meiner rumänischen Heimat. Schon als Kind habe ich mich manchmal in eine Kirchenbank gesetzt, um die besondere Atmosphäre dieser Räume zu schnuppern. Ihre Entrücktheit und ihre Mystik ergriffen mich genauso wie die Ekstase der rumänischen Musik bei den Volksfesten in den Dörfern. Und es waren diese Erfahrungen, die mich zum Studium der Kunstgeschichte geführt haben."
„Ach, Sie haben Kunstgeschichte studiert?"
„Leider musste ich dieses Studium abbrechen, als das Geld knapp wurde, und eine Schlosserlehre

aufnehmen. Vieles in Deutschland erlebte ich als kalt. Umso überraschter war ich, als ich zum ersten Mal diese Kirche am Marktplatz betrat. Sofort umfing mich die schummerige Dunkelheit des Raums. Das Gewölbe mit den goldleuchtenden Mosaiken in der Apsis hinter dem Altar gab mir die Illusion eines orthodoxen, weihrauchgeschwängerten Gottesdienstes. Am meisten faszinierte mich die Kanzel aus rosafarbenem Sandstein mit ihren ausgearbeiteten Reliefs, den kostbar aussehenden Säulen und den vergoldeten Rändern, Kapitellen und Füßen aus Tierleibern. So etwas in der nüchternen Welt der Deutschen und in dieser Stadt, die wahrhaftig sonst kein Ausbund von künstlerischer Schönheit war!"
„Ich gebe ehrlich zu, dass ich diese Kirche heute zum ersten Mal betrete. Doch mit Ihnen fange ich an, sie wirklich zu sehen."

Nun schien Vlad erst richtig in Fahrt zu kommen:
„Schauen Sie sich mal diese merkwürdigen Fenster an! Wo sind die wohl stilistisch anzusiedeln? Eine seltsame Mischung von Romanik, Art Nouveau und Jugendstil, wenn ich mich richtig an mein Studium erinnere."

Nun fasste Vlad Serafiniak am Arm und zog ihn zu der Westseite der Kirche.
„Sehen Sie mal: Am meisten berühren mich diese beiden kleinen Fenster zum Markt hin. Der ornamentale Hirsch und der sprudelnde Brunnen. Der Hirsch, dem die Zunge lechzend zum Hals heraushängt und der Brunnen daneben, bei dem das Wasser aus den Mündern von Fischen sprudelt.

Wenn ich sie länger anschaue, treiben sie mir die Tränen in die Augen. Ich muss dann an meine Eltern denken und ihre Trauer um mich. Um mein Schicksal und meine Seele. Den lateinischen Text darüber verstehe ich nicht wortwörtlich, aber durch seine Ähnlichkeit mit meiner Muttersprache wird mir die Sehnsucht dieses Tiers nach Reinheit bewusst. Dieses gehetzte Tier bin ich selber."

Serafiniak kam aus dem Staunen über die Kenntnisse Vlads, das genaue Hinschauen und seinen plötzlichen Redefluss nicht heraus. Plötzlich erfüllte ihn eine regelrechte Hochachtung über diesen gestrauchelten Menschen.

5

Als Serafiniak die Einladung für die nächste Führung in der Villa erhielt, wunderte er sich über zwei Dinge: Die schnelle Aufeinanderfolge der Ausstellungen und das Thema der neuen Ausstellung: „Griechische Ikonen". Es fiel völlig aus dem Rahmen des sonstigen Ausstellungskonzepts der Villa. Aber gut: Wieder würde er die markanten Lippen und die irritierende Stimme von Gudrun erleben, und inhaltlich war es für ihn auch etwas Neues. Griechische Ikonen! Russische Ikonen waren ihm bekannt. Aber griechische? Darauf war er gespannt.

Er stieg die Treppe zur ersten Etage hinauf, wo sich die Ausstellungsräume befanden und spürte erstaunt, wie der Handlauf der alten Treppe ein Gefühl von Gediegenheit vermittelte. Dieses Mal hatten sich mehr und andere Personen versammelt als bei der Totentanz-Aussstellung. Das war nicht nur das übliche Dutzend Kunstbegeisterter, sondern da schienen sich auch Honoratioren der Stadt eingefunden zu haben, die ihren Repräsentationspflichten nachkamen. So umfasste die Gruppe mehr als zwanzig Menschen. Von ganz hinten lächelte Serafiniak die Frau mit den dunklen Haaren zu, der er beim Betrachten der revolutionären Holzschnitte begegnet war. Gudrun hätte er fast nicht gesehen, da sie hinter einem großen Mann in dunklem Anzug stand, der ihm den Rücken zudrehte.

Als die Teilnehmer der Führung auf ein Zeichen Gudruns hin den ersten Raum der Ausstellung betraten, entfuhr vielen ein begeistertes Ah. Gudruns Stimme griff die Reaktion der Zuschauer auf:

„Sie staunen über die Pracht von Gold und Rot. Die Farben von Macht und Reichtum."

Nach einer kurzen Pause, in der Serafiniak staunend die Steigerung der Eleganz ihrer Kleidung betrachtete, fuhr sie fort:

„Nachdem die Osmanen Konstantinopel 1453 erobert hatten, wanderten viele Künstler nach Kreta aus, welches sich im Bereich der venezianischen Herrschaft zu einem Zentrum der griechischen Kunst entwickelte. Hier durchdrangen sich italienische und griechische Einflüsse. Eine starke europäische Nachfrage nach Ikonen begünstigte Kreta auf Grund seiner Lage."

Nun zeigte ihre ausgestreckte Hand in der eng anliegenden schwarzen Jacke aus kostbarem Stoff auf das Bild, welches den Mittelpunkt dieses Raumes ausmachte:

„Diese Ikone hier ist sicher vielen von Ihnen bekannt. Kopien davon stehen oder hängen in vielen katholischen Kirchen unter dem Namen Unsere Liebe Frau von der Immerwährenden Hilfe. Das Original befindet sich auf dem Hochaltar der Kirche Sant' Alfonso in Rom. Es wurde tausendfach kopiert, in äußerst unterschiedlicher Qualität. Genauso unterschiedlich sind auch die Preise, die dafür auf dem Markt geboten werden. Wenn sie denn überhaupt käuflich sind.

Sehen Sie: Maria trägt ein dunkelblaues Kleid, welches in goldenem Schimmer glänzt. Das edle Gewand bedeckt auch den Kopf der Gottesmutter, wo ein kleiner goldner Stern prangt. In den Goldgrund ist ein goldener Heiligenschein eingebettet, kaum vom Hintergrund zu unterscheiden. Die rötlichen griechischen Buchstaben in dem goldenen Grund stellen Abkürzungen für Maria und Muttergottes dar. Mit schlanker Hand hält sie auf dem linken Arm das Jesuskind."

In der Gruppe der Honoratioren bemerkte einer, der erstaunlicherweise eine saloppe grüne Lodenjacke trug, zu seinem Nebenmann mit der knallroten Krawatte:

„Sollen wir hier zur katholischen Kirche bekehrt werden?"

Der Angesprochene erwiderte forsch: „Ach, die Villa wird doch sowieso bald geschlossen."

Eine auffallend gekleidete Frau mit roten Schuhen wie ein Bischof erwiderte gereizt:

„Sie brauchen nicht noch zu betonen, wie wenig Sie für Kultur übrig haben."

„Unter Kultur kann man ganz verschiedene Dinge verstehen," meinte der mit der Krawatte.

„Ja, ich weiß, Ihre Partei versteht darunter Bier- und Kneipenkultur."

Ein Mann, dessen schräggelegter Kopf allseitige Freundlichkeit auszustrahlen versuchte, ermahnte:

„Also nun seien Sie doch mal endlich ruhig! Wir können froh sein über diese qualifizierte Führung. Das kann dem Renommee unserer Stadt nur dienlich sein."

Nach der ausführlichen Betrachtung der weiteren Räume mit kleinteiligen biblischen Szenen, zarten Madonnengesichtern, die in prunkvollen Gold- und Silberschmuck gebettet waren, und den Legenden von bekannten und unbekannten Heiligen begab sich die Versammlung der Kunstfreunde und Repräsentanten in den Roten Salon, um sich bei Sekt und Orangensaft dem obligatorischen Small Talk hinzugeben.

Gudrun hielt sich heute auffällig von Serafiniak fern. Umso mehr war sie in der Nähe des Hochgewachsenen im schwarzen Anzug zu sehen. Einmal nur erwischte Serafiniak ein Kopfnicken von ihr, das ihm zu bedeuten schien:

„Das ist er, der Fürsprecher. Stör mich bitte nicht!"

Serafiniak sah erstaunt seinen kalten Blick.

„Der lässt sein Ziel auch in der Ferne nicht außer Acht", dachte er. Diesem Anzug sieht man im ersten Moment seinen Preis nicht an. In seinen Wangen und und seinem Kinn hockt ein unbeugsamer Wille, dem Widerstand eher überflüssig als unverschämt erscheint. Nur in seinen Lippen ist noch etwas anderes, besonders wenn er sich mit Gudrun unterhält."

Plötzlich stieg zusammen mit dem Namen Medici ein heißes Gefühl in Serafiniak auf, von dem er immer gedacht hatte, dass es ihm fremd sei. Es steigerte sich noch, wenn er Gudruns knielanges Kleid mit der taillierten schwarzen Jacke sah und das Dekolleté, in dem ihr Brustansatz durch die durchbrochene Bluse mehr gezeigt als verhüllt wurde. War das für eine solche Führung nicht viel zu hoch gegriffen?

„Darf ich Sie zu dem Foto auf die Treppe bitten?"

Die Aufforderung kam von einem Menschen mit 3Tage-Bart und langen Haaren wie die eines Exhippies, an seinem riesigen Apparat als Pressefotograf erkennbar, dessen verdrießlich-skeptische Mundwinkel eine Rechtfertigung für seine Hofberichterstattung zu liefern schienen.

Über dem marmornen Kaminsims hing das Gemälde mit dem Porträt von Maria Zanders, der früheren Besitzerin und Erbauerin der Villa. Sie hatte Kunst und Kultur in der Stadt gefördert. Ihre Augen waren auf Serafiniak und die Frau gerichtet, neben der er nun stand. Fast als hätte er Zuflucht bei ihr gesucht. Bei ihr und ihrem Blick, der sich von dem aller anderen unterschied. Er war offener, gleichzeitig wissender, ein wenig ironisch. Ihre dunkelbraunen Haare fielen lang und ungebändigt auf ihre Schultern herab.

„Den kenne ich sehr gut", meinte sie, als sie merkte, wie Serafiniaks Augen wieder zu dem Hochgewachsenen im schwarzen Anzug glitten.

Die Frau mit der ausgefallenen Kleidung und den roten Schuhen, die aussahen wie die von einem Bischof, verteilte ihnen nun einen Prospekt für eine Veranstaltung, über die sie die Schirmherrschaft hatte.

Der mit der roten Krawatte redete heftig auf den in der grünen Lodenjacke ein:

„Kultur muss demnächst an die Schulen verlagert werden. Nur dort wird sie dem ganzen Volk zugänglich sein."

Als Serafiniak mit der Langhaarigen vor der Freitreppe stand, wurden sie von dem Fotografen weggescheucht.

„Nur die Volksvertreter", rief er mürrisch. „Und auf die Treppe! Von oben nach unten entsprechend angeordnet."

Bevor sie sich langsam wieder Richtung Roter Salon begaben, warf Serafiniak noch einmal einen Blick auf das Gemälde über dem Kaminsims. Nun waren die Augen von Maria Zanders auf die Treppe gerichtet, auf den Handlauf von Macht und Zufriedenheit, die langgezogenen, scheinbar offenen Ellipsen darunter, die von einem soliden fortlaufenden Band umrahmt waren, dazwischen ehrenhafte Ornamente, auf einem soliden Sockel, ganz im Gegensatz zu der finanziellen Situation der Stadt. Vielleicht waren ja deswegen einige geneigt, dieses ehrwürdige Denkmal abzureißen, um der Ehrlichkeit zu dienen oder einem Populismus, bei dem man nicht wusste, wer das Volk sein sollte, dessen Beifall man erwartete.

Wie selbstverständlich hatte der Hochgewachsene mit Gudrun an der Seite ganz oben auf der Treppe Platz genommen, ganz unten der mit der Lodenjacke, der sich noch schnell die Fahrradklammern von den Hosenbeinen nahm, die Frau mit den roten Schuhe, der Mann mit der roten

Krawatte, der mit dem leutselig schräggelegten Kopf und noch ein paar dazwischen, die Serafiniak bis dahin nicht bemerkt hatte. Die Augen von Maria Zanders schauten weiter bieder, nun vielleicht aber erstaunt und ein wenig missbilligend.

Als Serafiniak den Vorraum zu den Toiletten betrat, schaute ihm aus dem Spiegel Gudruns Gesicht entgegen, in dem ihre schlanken Hände sorgfältig die plastischen Konturen ihrer Lippen nachzogen, heute mit einem dunklen Violett. Das erwartungsvolle Blinken ihrer Augen aber erschien ihm wieder so ganz anders als ihre verträumte Tiefe von früher, die er –vielleicht nicht zu Unrecht- auf sich bezogen hatte. Es passte zu dem, was sie nun zu ihm sagte:

„Heute kein Bergischer Löwe. Entschuldige! Aber heute geht es wirklich zum Restaurant im Schloss."

„Hätte ich mir denken können."

„Enttäuscht?"

„Du bewunderst ihn, nicht wahr?"

„Also eifersüchtig."

„Habe ich ein Recht dazu?"

„Wir haben uns noch nie darüber unterhalten."

„Ein Versäumnis?"

„Das musst du wissen."

„Weißt du es denn?"

„Auf jeden Fall habe ich dich sehr bewundert."

„Ich grüble seit langem über die Frage, was eigentlich der Kern der Bewunderung ist."

In diesem Moment betritt ein Anzug von schwer kalkulierbarem Preis den Raum und erfüllt ihn mit Entschiedenheit und Kälte. Serafiniak sieht den Blick des Besitzers und fragt sich, ob er vor ihm Angst haben sollte.

„Wir müssen langsam los", tönt es markig aus dem Anzug, bevor er zu den Becken der Herrentoilette verschwindet. Serafiniak überlegt, ob er ihm folgen soll, oder ob er das intime Nebeneinander mit dieser hochgewachsenen Gestalt lieber vermeiden soll.

6

Serafiniak liebte die Innenstadt von Gladbach. Für ihn waren es die großen vier Ks, die sich ihm hier auf engem Raum boten: Kultur, Kommunikation, Kulinarisches und Kommerz. Ein fünftes K hätte man noch hinzufügen können: Kommunalpolitik. Ein bunter Reigen, der beim Waatsack mit seinem mexikanischen Restaurant im Osten begann, bis vor kurzem auch noch das danebenliegende Kino umfasste, und im Westen mit der Rhein-Berg-

Galerie endete, eigentlich die Vielfalt des Lebens auf bloßen 1000 Metern. Im östlichen Teil war es vor allem die reiche Palette von Kultur, die sich hier wie in einer kostbaren Kette aneinanderreihte: Das Kulturhaus Zanders mit seinen seltenen, aber immer interessanten Veranstaltungen, das Reich des evangelischen Pfarrers mit seiner Kneipe, vor der im Sommer Open-Air-Konzerte aufgeführt wurden, der Gnadenkirche mit Konzerten und Lyrik-Veranstaltungen, dem Engel am Dom mit Vorträgen und Treffen aller Art, auch für nicht-kirchliche Menschen, dann der Jugendtreff Q1, in dem jeden Monat der Rhein-Berg-Slam stattfand, ein Literaturwettbewerb in zeitgemäßer Art, die Stadtbücherei mit ihrer unendlichen Fülle von Büchern, Veranstaltungen und Ausstellungen, ein Stück weiter die Volkshochschule, dann der Theater- und Konzerttempel der Stadt, der Bergische Löwe, und nicht zuletzt die Villa Zanders, die städtische Galerie mit zahlreichen Sonderausstellungen und außergewöhnlichen Konzertreihen.

Heute herrschte dichter Nebel, der die Welt veränderte und Serafiniaks ländliche Wohngegend am Stadtrand mit überraschenden Ansichten beschenkte. Beim Wandern an Wiesen und Wäldern vorbei kam ihm einer seiner Lieblingsverse in den Sinn:

Erst im Nebel
wird uns sonnenklar,
dass unsre Grenzen
fließend sind

und selbst die Masten,
die voll Eifer wir
errichteten,
in Rost verenden
und im faulen
Holz beginnen.

Gleichzeitig erfüllte ihn der Vers mit Melancholie. Gegen Abend überkam ihn das Gefühl, er müsse unter Menschen. So setzte er sich ins Auto und fuhr in die Innenstadt, parkte auf dem Parkplatz neben der Gnadenkirche und begab sich durch den Nebel zwischen den hochstämmigen Kastanien hindurch in den evangelischen Gemeindesaal, in den sogenannten Engel am Dom. Dort hatte man jeden Freitag Gelegenheit, unverbindlich neue Leute kennenzulernen.

Ein Blick auf das farbenfrohe Wandgemälde mit den munteren Fischen und der Frau mit dem Sommerhut heiterte seine nebligen Gedanken schon auf. Er hockte er sich wieder an die Theke, an der er beim letzten Mal den redseligen ostpreußischen Schachspieler getroffen hatte. Gerade hatte er sich von dem dunkelhaarigen Barmann mit der evangelischen Schmalzlocke ein Glas Kölsch und ein paar Sachen zum Knabbern auf die Theke stellen lassen, als sich die Glastür öffnete und eine Frau den Raum betrat, die er kannte. Ihre dunkelbraunen Haare hingen lang über die Schultern, über der dunkelgrauen Strickweste trug sie ein großgemustertes Bolero.

„Wir kennen uns doch", meinte sie lachend und setzte sich auf den Barhocker neben ihn, als habe sie mit dem Zusammentreffen gerechnet.
Serafiniaks Blick fiel auf den Anhänger, der an ihrem Hals hing.
„Die Kunst, ja, die Kunst", kam es ihm in den Sinn.
Die unbekümmerte Offenheit ihres Gesichts brachte ihn dazu, langes Vorredengeplänkel zu übergehen:
„Ihre Bemerkungen über den Maler Ille habe ich noch im Ohr. Die klangen ja so, als würden Sie selber gleich auf die Barrikade steigen."
„Das ist jetzt schon eine Weile her. Damals kamen wir aus der tiefen Eifel und meinten, wir müssten in Köln und Umgebung die Welt verändern."
„Für eine 68erin sehen Sie aber zu jung aus."
„Danke. Aber die grauen Strähnen in den Haaren kann man leicht vertuschen. Und an die Stelle der Barrikaden ist das Kunsthandwerk getreten."
Sie hob den Anhänger mit seinen vielfachen Blautönen an, der ein wenig an altpharaonisches Gold erinnerte.
„Immerhin. Wenigstens keine Banklehre oder eine BWL-Laufbahn."
„Woher wissen Sie das?"
„Erstens sieht man das, und zweitens sprachen Sie doch selber von Kunsthandwerk."
„Das könnte man auch als Hobby betreiben. Aber Sie haben Recht. Ich arbeite tatsächlich hauptberuflich als Kunsthandwerkerin."
„Schon immer?"
„Bis vor einem halben Jahr habe ich in dem Personalbüro einer großen Firma gearbeitet. Meinen Chef kennen Sie."
„Nicht dass ich wüsste!"

„Doch, die letzte Ausstellung in der Villa. Um den Ihre Bekannte herumscharwenzelte."
„Ach, Sie sagten damals nur, dass Sie ihn kennen."
„Und wie ich ihn kenne! Nur zu gut! Von außen und von innen."
„Konnte oder kann er Ihnen denn nicht schaden, wenn Sie ihn durchschauen?"
„Ich habe wie Siegfried einen Schutz, den nichts durchbrechen kann. Ich bin nicht anspruchsvoll und deshalb nicht bestechlich. Im Zweifelsfall kann ich auch von Sozialhilfe leben."

Serafiniak war es leid, beim Gespräch immer den Kopf zur Seite drehen zu müssen. Deshalb sagte er zu der Kunsthandwerkerin:
"Wir haben uns noch nicht einmal vorgestellt. Ich heiße Serafiniak. Was meinen Sie, sollen wir uns nicht auf die bequemen Sofas dort drüben setzen."
„Einverstanden."

Als sie sich in die weichen Polster hatten plumpsen lassen, stellte sie sich mit dem Namen Neuerburg vor, Laura Neuerburg. Er hatte seinen Vornamen nicht genannt, wollte aus irgendeinem ihm selber nicht klaren Grund vorläufig beim Sie bleiben:
„Sie haben vorhin einen erstaunlichen Ausdruck gebraucht: herumscharwenzeln. Wie kommen Sie darauf?"
„Das konnte doch jeder sehen, wie sie meinen Chef anhimmelte. Woher kennen Sie sie eigentlich?"
„Seit ewigen Zeiten. Sie war einmal meine Studentin."
„Und hat sie angebetet, nicht wahr?"
Mit einem verlegenen Zögern:

„Bewundert vielleicht. Ja, das stimmt."
Sie lachte:
„Und Sie dachten, es sei etwas anderes als Bewunderung und haben sich in sie verliebt. Habe ich Recht?"
Er schwieg.
„Und Sie sind noch immer in sie verliebt, weil Sie immer noch glauben, sie liebe Sie. Denken Sie übrigens daran: Nachlassende Bewunderung kommt einer Entthronung gleich."
Die ließ ja nicht locker. Serafiniak stellte fest, dass er es ihr merkwürdigerweise nicht übel nahm. Obwohl er sich ertappt fühlte. War Gudrun nicht seit langer Zeit die Immerwährende für ihn? Und war sie nicht der Grund dafür gewesen, dass sich seine Frau damals von ihm getrennt hatte? Nun hörte er weiter Lauras entlarvende, aber nicht verletzende Stimme:
„Vielleicht wird es Zeit für Sie, sich von diesem Gedanken zu verabschieden. Vor zwanzig Jahren galt die Bewunderung der jungen Frauen vor allem Bildung und geistigen Qualitäten. Das hat sich geändert. Heute sind es vor allem Macht und Geld, die ihre Bewunderung erregen."
„Sie scheinen eine gute Beobachterin zu sein", kam er ihr entgegen.
Sie fuhr unverdrossen fort:
„Bewunderung darf man nicht verwechseln mit Liebe. Sie werden oft verwechselt, weil sie eins gemeinsam haben: Beide beten das Unbekannte im anderen an, das, was man selber nicht hat."
„Und Philosophin obendrein. Wo sind Sie denn zur Philosophin geworden?"

Wieder lachte sie ihr unbekümmertes Lachen. Es klang immer so, als lache sie gleichzeitig über sich selbst. Und über die Verrücktheiten der Welt.
„Vielleicht im Umgang mit meinem früheren Chef."
„Waren Sie in ihn verliebt?"
„Gott bewahre! Aber ich lernte ihn durchschauen."
„Ja, ja, und Sie sprachen schon von Siegfrieds Hornhaut. Aber Sie wissen, was mit dem passiert ist."
„Sie meinen das Blatt auf der Schulter, welches ihn verwundbar machte. Bisher habe ich davon noch nichts gemerkt. Aber ich habe noch einen weiteren Schutz: Ich bin unbedeutsam."
„Bei Ihrem schönen Schmuck könnte man auf eine andere Idee kommen. Ägyptische Pharaonin oder so."
„Ich gratuliere, dass Sie das gleich sehen."
Sie fasste mit der Rechten an den Anhänger, schaute kurz darauf und dann wieder auf Serafiniak.

Beider Aufmerksamkeit wurde in diesem Moment auf die Sitzgruppe nebenan gelenkt. Dort saßen fünf Personen zusammen, die in ein teils heftiges Gespräch vertieft waren. Eine Frau mit einer Elfenbeinkette um den Hals meinte:
„Man kann sich doch nicht mehr sicher in der Innenstadt bewegen. Schauen Sie sich doch nur die Typen an, die im Forumpark rumhängen. Und jetzt schon wieder ein Raubüberfall auf einen alten Menschen."
„Aber die Polizei weiß doch gar nicht, wer der Täter war. Vielleicht kommen die ja auch von außerhalb", wandte ein Mann in einer hellbraunen Lederweste

ein. Neben ihm saß ein bärtiger 50jähriger mit einem Lederhut. Er meinte:
„Also, ich habe mich schon mehrmals mit den angeblichen Pennern im Forumpark unterhalten. Die sind eigentlich alle friedlich. Und ganz unterschiedlich. Manche sind einfach arbeitslos und treffen sich da."
„Videoüberwachung würde alles vereinfachen und friedlicher machen", entgegnete ein Mann mit einem gezwirbelten Schnauzbart lakonisch.
„Obama mitten in Bergisch Gladbach!" Das war wieder der mit der Lederweste. Er fuhr fort:
„Nein, danke! Am besten, wir bleiben einfach zu Hause, legen uns ins Bett und ziehen uns die Decke über die Ohren. Dann kann uns nichts mehr passieren. Und wir können auch von niemandem beobachtet werden. Das sind doch alles Neurosen oder Lobby-Sprecher der Sicherheits-Industrie. Interessant ist, dass die Polizeistatistik ja sogar von einem Rückgang der Gewaltkriminalität spricht."
„Du machst es dir ja einfach. Und unsere Ängste spielen für dich überhaupt keine Rolle", warf die Frau mit der Kette ein.
„Die Lösung kann nur in mehr Miteinander und mehr Transparenz und mehr Mitbestimmung liegen. Das ganze Unbehagen stammt nur daher, dass diese Werte zurückgehen, aber für viele Menschen die Ursachen im Dunkeln liegen." Das war die zweite Frau in der Runde, eine energisch Wirkende mit Schnippelschnitt.

Serafiniak und die Kunsthandwerkerin lächelten sich an.
„So hört man im Augenblick überall reden."

„Man kann ja froh sein, wenn überhaupt geredet wird."
„Naja. Eigentlich ist alles noch dasselbe wie damals in den 60ern, mit dem einzigen Unterschied, dass heute keiner mehr aufmuckt. Was bleibt einem da anderes übrig als einen Rückzug auf das Schöne zu vollziehen."
„Deshalb das Kunsthandwerk? Ist aber eigentlich traurig, oder?"
„Sie können mich ja mal in meiner Werkstatt in der Alten Dombach besuchen."
„Das werde ich auf jeden Fall."

7

Sie hatten sich um elf im Treff an der Strunde verabredet, um gemeinsam zur Caritas zu fahren.
„Vlad ist heute noch nicht hier erschienen", sagten die anderen, die auf der halbkreisförmigen Bank saßen oder an dem runden Tisch Karten spielten. Serafiniak dachte schon, Vlad habe es sich anders überlegt, als er mit zwanzigminütiger Verspätung doch noch eintraf, schwankend und weinerlich.

„Was soll ich machen ohne Metacon?" klagt er laut, als wolle er die ganze Welt für sein Elend verantwortlich machen.
„Das halte ich nicht aus."
Dabei nimmt er einen Schluck aus der Bierdose, die er in der Hand hält.
Sein Gesicht ist gerötet und geschwollen.

„Aber ich dachte, Sie seien schon zurück vom Arzt. Warum waren Sie denn nicht dort?"
„Wir haben uns verfahren. Ja, und jetzt ist es zu spät."
„Wann sollten Sie denn da sein?"
„Zwischen elf und zwölf."
„Wissen Sie was, Vlad? Jetzt ist es halb zwölf. Ich fahre Sie hin. Vielleicht erwischen Sie den Arzt ja noch."
Serafiniak nahm ihn am Arm, und Vlad ließ sich willig zum Parkplatz führen, wo Serafiniak sein Auto abgestellt hatte.

So engen Kontakt hatte Serafiniak eigentlich nicht gewollt. Die Notunterkunft besorgen, nun die Therapie anmelden. Und dann musste Schluss sein mit seinem sozialen Engagement. Nun ja, jetzt war es halt noch eine Fahrt zum Metadon-Arzt nach Köln. Aber er wurde zur Eile gezwungen. Eile wollte er eigentlich nicht mehr, seit er seinen Beruf an den Nagel gehängt hatte. Eine knappe halbe Stunde blieb ihm für die Fahrt nach Ostheim. Aber die Straßen waren voll um diese Zeit, und er musste sich unterhalten, um Vlad bei Laune zu halten, auf den Verkehr achten und nachher einen Parkplatz suchen. Das war das Schwierigste.

„Ein Freund wollte mich mit dem Moped nach Ostheim fahren. Ich gebe zu, dass wir beide schon getrunken hatten. Er aber viel mehr als ich. Mitten in Refrath konnte er auf einmal nicht mehr weiterfahren. Und jetzt ist es zu spät."
„Das werden wir ja sehen. Wir versuchen es auf jeden Fall. Und anschließend geht es zur Caritas."

Seine Zigarette hatte Vlad ausgedrückt, bevor er in Serafiniaks Wagen stieg, die leere Bierdose in einen Papierkorb geworfen. Nun schien er fast wieder nüchtern zu werden, gab die Richtung an, die sie einschlagen mussten.

Nach Bensberg, die B51 über Brück und Merheim. Ostheim nach links abbiegen. Frankfurter Straße, dichter Verkehr, Ampeln, Konzentration. Wo ist die Praxis? Wo kann man parken? Die Zeit drängt.
"Da drüben ist die Praxis."
„Wo parken wir? Kann man davor parken?" „
„Ja."
Kann man eigentlich nicht. Aber die Zeit drängt. Vlad steigt aus, betritt das Haus. Nach zehn Minuten kommt er zurück, schimpft laut vor sich hin:
„Denen geht es nur ums Geld. Menschen interessieren die nicht. Der Arzt ist einfach schon nach Hause gegangen."
Er beginnt zu weinen.
„Das wird jetzt immer schlimmer Ich scheiße und kotze gleich. In Ihr Auto. Ich muss unbedingt was haben. Wir müssen zu einem Kiosk."

Serafiniak erfasste sofort die Notwendigkeit, obwohl er selber nie etwas mit Drogen oder Abhängigen zu tun gehabt hatte.
„Wenn wir einen Kiosk sehen, ha te ich."
„Das dauert zu lange. Ich muss jetzt was haben."

Rechts tauchte plötzlich ein Rewe-Laden auf. Serafiniak bog auf den Platz vor dem Laden, sah sich aber von einer Absperrung aufgehalten. Vlad stieg einfach aus und schob die rotweiße

Absperrung zur Seite. Zwei Verkäuferinnen kamen auf sie zu.
„Der Laden ist geschlossen. Wegen Umbauarbeiten."
Auch das noch!
„Ich will nur eben wenden."
Dann wieder zurück Richtung Bergisch Gladbach.
„Ich bezahle Ihnen die Fahrt. Ich bin ein schlechter Mensch. Ich stürze meine Eltern ins Unglück. Dabei waren sie immer so gut zu mir. Ich bringe mich um."
Serafiniak war schockiert. Das hatte er noch nie aus dem Munde eines Menschen gehört.
„Da drüben ist ein Lidl. Ich fahre jetzt auf den Parkplatz. Da können Sie sich was holen. Hier haben Sie fünf Euro."
Vlad stürzte aus dem Wagen, als der anhielt, kam nach fünf Minuten zurück, mit einer Flasche Wodka in der Hand.

Serafiniak dachte, Vlad würde die Flasche nun ansetzen und bis auf den letzten Tropfen leeren. Er hielt die Flasche aber lediglich in der Hand, als müsse er sich daran festhalten, und redete. Erstaunlich vernünftig. Er wollte zur Sparkasse, um Geld abzuheben.
„Das Geld müsste jetzt auf dem Konto sein. Ich muss Ihnen ja den Sprit bezahlen. So Menschen wie Sie müsste es mehr geben. Meine Eltern müssen Sie unbedingt kennenlernen."
Das Wort Eltern lässt ihn wieder in Tränen ausbrechen.
„Meine Brüder sind beide gute Menschen. Nur ich bin ein Versager. Ich wäre besser nicht mehr da. Dann hätten meine Eltern keine Probleme mehr."

„Wenn Sie nicht mehr lebten, wäre das für Ihre Eltern noch schlimmer. Sie würden sich sicher ewig Vorwürfe machen. Glauben Sie mir!"
„Ich habe mit den Drogen nur angefangen, weil Deutsch so schwer ist. Ich dachte doch, ich könnte schon Deutsch. Und in dem Kurs, den ich machen musste, merkte ich, wieviel ich noch lernen musste."
„Und deshalb fingen Sie mit Drogen an?"
„Ja, und ich hatte auf einmal Geld. Das war für mich viel Geld. Eigentlich sollte ich den Deutschkurs erst fertig machen, um meine Schlosserlehre anerkannt zu bekommen. Und dann kam der Vermittler, und ich begann in der großen Firma und verdiente so viel Geld wie noch nie in meinem Leben. Aber der Vermittler verkaufte mir auch die Drogen. Dieses Schwein. Hätte ich doch nicht auf ihn gehört. Wolle aus Kalk hat auch nicht auf ihn gehört. Er hat einfach die Arbeit angenommen und arbeitet heute noch dort. Ich aber konnte nicht mehr weiterarbeiten, weil ich nicht mehr pünktlich war. Wegen der Drogen. Dabei wurde ich vom Meister geschätzt."
„Wenn wir bei der Caritas vorbeikommen, gehen wir dann rein?"
„Nein, das geht doch nicht. In dem Zustand kann ich mich dort nicht blicken lassen. Es war ein Fehler, nach Deutschland zu kommen. So schlecht ging es mir ja nicht in Rumänien. Aber meine Eltern sagten, ich solle auch nach Deutschland kommen. Das war ein Fehler."
„Gleich kommen wir bei der Caritas vorbei. Ich würde an Ihrer Stelle ja doch hingehen. Wer weiß, wann Sie wieder einen Termin bekommen."

„Meine Brüder haben jeder einen Audi. Und ich? Nichts."
„Deshalb müssen Sie sich unbedingt zum Entzug anmelden. Das wollten Sie doch, Vlad."
Als Serafiniak auf den Parkplatz neben der Caritas einbog, protestierte Vlad nicht. Er meldete sich zur Therapie an. Nächste Woche sollte er sich in der Klinik vorstellen. Dann würde sein Leben beginnen, aus dem Sumpf herauszufinden.

8

Drei Tage später regnete es in Strömen. Serafiniak parkte in der Tiefgarage, um von dort die Stadtbücherei zu besuchen. Freunde hatten ihm von dem neuen Roman von Vargas Llosa erzählt. Diesen Schriftsteller schätzte er über alles. Er öffnete ihm die Türen weit zur Welt, während hier Uringeruch aus dunklen Ecken stieg und ihn nichtssagende Graffiti an den Säulen auf seinem Weg begleiteten. Als er die Treppe zum Marktplatz hinaufsteigen wollte, traute er seinen Augen nicht. Der Mann, der dort auf dem Boden hockte und bettelte, war Vlad. Er saß auf einer zusammengefalteten Decke, und neben ihm standen sein Rucksack und ein Plastikbecher für die mitleidigen Münzen der Vorübergehenden.

„Vlad, was machst du denn hier?"
Unwillkürlich hatte er ihn auf einmal geduzt.
„Ich bin aus der Notunterkunft geflogen. Wegen einer Prügelei. Ich sage ja, ich bin nichts wert."
Seine Stimme klang kläglich.

„Und jetzt? Wo übernachtest du jetzt?"
„Zwei Nächte habe ich in der Laurentiuskirche übernachtet."
„In der Laurentiuskirche? Wie geht das denn?"
„Ich habe mich immer so lange versteckt, bis die Kirche geschlossen wurde. Aber nach dem, was ich vergangene Nacht erlebt habe, geht das auch nicht mehr."
„Wieso, was hast du denn erlebt?"
Es war, als schnappe Vlad nach Luft.
„Komm, wir gehen ins Theatercafe nebenan, und da erzählst du mir alles."
Die Bedienung im Theatercafe starrte mit großen Augen hinter ihnen her, als sie zusammen die Treppe mit den großen Sängerporträts hinaufstiegen und sich in den Winkel am Fenster setzten, mit dem Ausblick auf die Weite des regennassen Marktplatzes.

Als Vlad sein Bier und Serafiniak seinen Latte Macchiato auf dem Tisch stehen hatten, begann Vlad zu erzählen. Er konnte seine Aufregung kaum verbergen. Serafiniak kam das, was er berichtete, zuerst ziemlich wirr vor. Aber er ließ ihn einfach erzählen, während seine Augen zwischen den mondänen Sängerporträts auf den ochsenblutfarbenen Fliesen an der Wand und einem bleichen Vlad mit Ringen unter den Augen hin und her gingen. Ein Clochard unter den Brücken von Paris, ging es ihm durch den Sinn.

„Flach auf den Boden konnte ich mich nicht legen. Das war zu kalt. Aber zur Not konnte ich mich auf meinen Rucksatz setzen."

„Wo, in der Tiefgarage?"
„Nein, ich meine doch in der Laurentiuskirche."
Es klang, als befände sich Vlad in diesem Augenblick noch dort. Und dann erzählte er ununterbrochen:
„Hinter dem Altar würde mich so leicht keiner entdecken. Und es dauerte auch nicht länger als eine halbe Stunde, bis sich die Tür öffnete und ich Schritte hörte, die den Raum nach links durchquerten, merkwürdig leise und verstohlen. Das schien mir aber nicht der Küster zu sein, der gleich die Kirche verschließen würde. Kaum hörbar schienen sich die Schritte nun über die gewundene Treppe hinauf auf die Kanzel zu bewegen. Als ich einen vorsichtigen Blick um die Ecke des Altars herum warf, sah ich tatsächlich über den Rand der Kanzel hinweg eine dunkle Gestalt, die sich nun duckte. Wer konnte das sein? Ich verdrückte mich wieder hinter dem Altar, versuchte, mucksmäuschenstill zu sein. Von dem Neuankömmling hörte ich nur ab und an ein schabendes Geräusch, als lasse er sich vorsichtig in der Kanzel nieder. Ein Kollege etwa?"

Serafiniaks Blick ging über den Marktplatz zum Turm der Kirche, als begleite er Vlad dorthin.

„Nach einer weiteren halben Stunde hörte ich wieder Schritte, die den Kirchenraum durch die Seitentür betraten, wesentlich lauter als die der ersten Person. Zuerst machten sie an zwei Stellen im linken Seitenschiff und dann im rechten Halt. Das musste der Küster sein. Der Geruch nach Kerzenwachs wurde für eine Weile stärker als vorher und das Licht ein wenig dunkler. Ich wusste nun, dass der Küster die Kerzen gelöscht hatte. Dann verschwanden seine Schritte in der Sakristei. Die Beleuchtung in der Kirche erlosch. Kurz darauf sah ich den Schein einer Taschenlampe im Mittelschiff, und schließlich hörte man ein Schüsselbund rasseln, zuerst an der linken Seitentür, die sich für Behinderte automatisch öffnete und schloss, dann an der großen Glastür in der Mitte. Kurz darauf umgab mich Stille. Nun waren nur noch ich und dieser andere Mensch auf der Kanzel in der Kirche. Wie sollte ich mich verhalten? Einfach zu ihm gehen und mich zu erkennen geben? Aber wenn es eine Person war, die nicht einfach wie ich hier Zuflucht vor dem Regen suchte, sondern aus ganz anderen Gründen hier war? Ich beschloss, weiter abzuwarten, machte es mir so leise wie möglich so bequem wie es ging.

Plötzlich hörte ich leise Geräusche. Zuerst ein Rascheln wie von Papier, ein Schaben, als wenn jemand seine Sachen zusammensuchte. Dann ein Tapsen. Offensichtlich die Treppenstufen der Kanzel hinab. Die Schritte schienen nun das Kirchenschiff zu durchqueren, bis ganz nach rechts. Ich schob mich leise um die Ecke des Altars herum, sah zuerst nichts, dann einen schemenhaften Schatten, der zwischen den Bänken und dem Seitenschiff hin- und herzuhuschen schien. Nun wurde eine Taschenlampe angeknipst. Zunächst zuckte ich zurück. Dann wagte ich mich wieder hervor, sah, dass die Taschenlampe wohl auf eine Bank gelegt worden war. Ihr Strahl schien ins Seitenschiff hinein und –traf genau auf die

Immerwährende. Die Gestalt war nun etwas deutlicher zu sehen. Sie machte sich an der Immerwährenden zu schaffen, ging hinter das Podest, auf der sie stand. Sie holte die Taschenlampe von der Bank, hielt sie auf den Rücken des Madonnenbilds. Ich hörte metallische Schraubgeräusche, ein paarmal leichte Hammerschläge. Dann sah ich, wie das Bild von seinem Podest gelöst wurde. Die Gestalt legte es auf die Bank. Auch die Lampe lag nun wieder dort. Er schien einen Gegenstand auszuwickeln. Ich hörte das Reißen von Papier oder dünner Pappe. Das musste der Gegenstand sein, den die Gestalt mitgebracht hatte. Nun wieder metallisches Schleifen und Klacken. Mir wurde langsam klar, was da geschah. Da war das vorhandene Bild gegen ein anderes vertauscht worden. Aber wozu? Und warum so heimlich? Ich konnte mir keinen Reim darauf machen. Nun lief alles wie gehabt ab, nur entgegengesetzt. Einpacken, das Kirchenschiff durchqueren, die Kanzeltreppe hinauf, Schabgeräusche, Ruhe. Das war kein Kollege. Das war etwas Ungesetzliches, was da geschah. Ich durfte meine Anwesenheit nicht verraten, wenn ich nicht Gefahr laufen wollte, in eine Sache hineingezogen zu werden, die nicht absehbar war. Schließlich hatte ich schon genug Probleme. Es nützte alles nichts, ich musste mich auf eine unbequeme Nacht einrichten, in der ich keinen Laut von mir geben durfte. Lange lag ich wach und war damit beschäftigt, mich bequem zu lagern und meine Bewegungen und meinen Atem zu kontrollieren. Wie endlos so eine Nacht sein konnte!

Plötzlich erwachte ich, weil ein starker Lichtstrahl in meine Augen schien.
Ein Fuß stieß mich in die Seite, und eine Stimme, die mir bekannt vorkam, raunzte mich an:
‚Du hast doch nichts gesehen, oder?'
‚He, hörst du nicht! Hast du was gesehen?'
Ich hob meinen Arm gegen den blendenden Strahl.
‚Was ist los?' stöhnte ich.
Gleichzeitig erkannte ich die riesige Lockenmähne. Das war doch Wolle aus Kalk. Der sich selber Wolle nannte, und der bei den anderen auch so hieß. Mein ehemaliger Kollege in der Schlosserei der Firma. Was machte der denn hier? Der gehörte doch nicht zu uns. Der hatte doch eine Wohnung, und ich hatte nie davon gehört, dass er kiffte oder sowas.
‚Warum bist du denn so ruppig, Wolle? Ich schlafe hier einfach. Und du? Was machst du denn hier?'
Sein aggressiver Ton änderte sich aber nicht. Er leuchtete mir noch einmal voll ins Gesicht und sagte:
‚Wenn du irgendwas gesehen hast und davon erzählst, erlebst du die Hölle auf Erden. Hast du verstanden.'
‚Was ...?'
Und noch einmal lauter, drohender:
‚Hast du verstanden? Und jetzt penn weiter! Aber schnarch nicht so laut! Das kann ja kein Mensch aushalten.'
‚Und am Morgen verschwinde ich zuerst, ist das klar?'
Als ich nickte, drehte er sich um und verschwand wieder in seiner Kanzel."

Ein aufgeregter und ratloser Vlad hob seinen Blick und schaute Serafiniak in die Augen.
„Was mache ich nun?"

9

Der Weg am Papiermuseum Neue Dombach war von Kastanien gesprenkelt. Die stachligen grünen Früchte lagen aufgeplatzt neben dem frischen glänzenden Braun der Kugeln, die schon ihre Hülle verlassen hatten. Serafiniak drückte die Klingel, an der ein emailliertes Schildchen den Namen Neuerburg trug. Der blau-violette Schimmer hatte den gleichen zukunftsversprechenden Glanz wie die frischen Kastanien.

„Das ist ja schön. Er hält sein Wort", lächelten ihre weißen Zähne, als sie öffnete.
„Hast du daran gezweifelt?"
Wieder hatte er jemanden unvermittelt geduzt, obwohl das im Allgemeinen nicht so seine Art war.

Sie führte ihn in einen Raum mit einem großen Fenster, der einmal zu der alten Papierfabrik gehört hatte. Alles schien übersichtlich und zweckmäßig angeordnet. Links vor dem Fenster stand ein großer Arbeitstisch mit einem Ofen, mehreren Töpfen, Schüsseln und Gläsern und einigen kleinen Werkzeugen und Lappen. Rechts eine Werkbank mit einem Schraubstock, an der linken Wand eine Glasvitrine und daneben eine Lochwand mit zahlreichen größeren Werkzeugen. Auf dem Boden darunter niedrige Schränke mit vielen Schubkästen.

Ein wenig erinnerte diese Seite an eine alte Apotheke.

„Das ist also dein Reich."
„Enttäuscht?"
„Hier redet dir keiner rein."
„So ist es. Moment! Ich muss mich gerade mal um den Ofen kümmern."

Mit einem Lappen in der Hand öffnete sie den Hebel an der Klappe des Ofens, schaute in die kirschrote Glut hinein.
„Ja, es ist soweit. Der Kuchen ist fertig."
Sie nahm einen metallenen Schieber, steckte ihn vorsichtig in die Glut und zog ein glühendes Rost heraus, welches sie auf einen Block aus Schamottstein legte.
„Das muss jetzt abkühlen. Diesen Vorgang darf man nicht stören. Sonst kann etwas abplatzen oder verrutschen."

„Wohl völlig anders als deine vorige Tätigkeit."
„Das kannst du wohl sagen. Obwohl Abkühlen, Stören und Verrutschen dort auch vorkamen. Bei den Menschen. Aber ich konnte fast nichts beeinflussen. Der Einflussnehmende war allein der Fürsprecher."
„Der Fürsprecher?"
„Ja, der große Chef, der Sponsor, der Pate, der Schirmherr, der Mäzen, oder wie du ihn nennen willst. Für manche war er einfach ein Diktator. Aber an seiner Macht wagte keiner zu rütteln."

Serafiniak sah, dass ihre Augenbrauen, ihre Wimpern und ihre Augenbrauen dieselbe fast schwarze Dunkelbräune hatten.

Plötzlich verdunkelten sich seine eigenen Züge.
„Kennst du zufällig einen Rumänen namens Vlad? Er muss auch bei euch gearbeitet haben."
„Natürlich. Ich kann mich an ihn erinnern. Er wurde uns von einer dieser Agenturen vermittelt, die oft ins halbkriminelle Milieu reichen. Leider wurde er schon bald entlassen, weil er unpünktlich wurde. Man redete von Drogen. Schade! War eigentlich ein sympathischer Kerl. Wieso, kennst du ihn?"
„Kam er damals alleine zu euch?"
„Nein, da war noch ein anderer dabei. Aus Köln-Kalk. Der arbeitet immer noch bei uns. Oft in merkwürdiger Nähe des Chefs. So etwas wie sein Faktotum. Aber was heißt bei uns? Ist ja nicht mehr meine Firma. Gottseidank. Aber warum fragst du das alles?"
„Ach, lass mal. Vielleicht später."
„Aber dich bedrückt doch etwas. Das sehe ich doch."
„Ach, so gut kennen wir uns schon?"
„Deine Ironie kommt mir manchmal wie Rückzugsgefechte vor. Aber schau mal! Der Anhänger ist jetzt ausgekühlt."
Rückzugsgefechte? Von welchem Kampf redete sie da?
Ihre schlanke, aber kräftige Hand nahm mit einer Pinzette den Gegenstand von dem Rost und hielt ihn Serafiniak vor die Augen.
„Wunderschön!"

„Die Stege müssen noch durch Schmirgeln und Schleifen vom Zunder befreit werden. Email und Gold werden dabei plangeschliffen, so dass sie eine Fläche bilden. Dann wird es aussehen wie das herrliche Stegemail am Dreikönigenschrein im Dom."

In der Vitrine sah Serafinak auf Samt gebettete Anhänger, Broschen, Ringe und Ohrringe, die ihn mit ihren dunkelroten durchsichtigen Farben und den filigranen Mustern an Schmuck der Völkerwanderungszeit erinnerten, darunter Schmuckstücke, die durch den Kontrast von verschiedenen Blau-und Grüntönen mit den goldenen oder silbernen Stegen den Namen Tut-Anch-Amun in seinem Kopf aufsteigen ließen.

„Das ist ja unglaublch schön. Aber nicht auch eine Flucht in ein fernes Reich der Schönheit?"
Laura Lächeln ließ wieder ihre weißen Zähne blitzen.
„Und wo befindest du dich auf der Flucht?"
„'Die moderne Innenstadt als kommunikativer Raum' war der Titel meiner Diplomarbeit. Ich arbeite seit einiger Zeit an einer Fortsetzung beziehungsweise einer Aktualisierung dieses Themas."
„Da habe ich ja Pech gehabt."
„Wieso?"
„Mein Atelier liegt nicht in der Innenstadt."

Plötzlich standen sie voreinander, schauten sich in die Augen und hielten sich an den Händen. Serafiniak sah das Lächeln um ihre Lippen, die ganz anders waren. Während Gudruns plastische Lippen diese irritierende Kombination von Sinnlichkeit und rationaler Schärfe vorführten, zeugten die Fältchen um Lauras Lippen von einer verarbeiteten Erfahrung und einer milden Weisheit, die daraus resultierte.

Abrupt ließ er ihre Hände los und stammelte:
„Ich muss jetzt gehen."
Dabei kam er sich vor, als sei er erst siebzehn.
Lauras Lächeln verlor eine Winzigkeit von seiner Herzlichkeit.
„Das ist aber nur einmal erlaubt."
Und dann:
„Wenn du immer noch über Bewunderung und Liebe nachdenkst, dann bedenke eins: Bewunderung muss Angst haben vor Verletzung, weil sie dann zusammenbricht. Liebe nicht, weil der Schmerz dazugehört."

10

Am nächsten Tag fegte der Herbstwind über die ländlichen Randgebiete der Stadt. Wolkenwelten türmten sich am Himmel über Serafiniaks Wohnung. Auf der Terrasse war ein Topf mit einer Datura umgestürzt und agile Elstern jagten hinter den schwarzen Krähen her.

Serafiniak war schon früh am Treffpunkt der Obdachlosen, wo er sich mit Vlad verabredet hatte. Er wollte ihn zu der Klinik fahren, in der Vlad heute zum Beginn der Entzugstherapie erscheinen sollte. Das sollte dann sein letzter Akt sein in seiner eigentlich ungewollten Betreuung, die sich aber so ergeben hatte. Er wollte sich ja auch nicht aufdrängen und wusste, dass Vlad sich letztlich aus eigener Kraft aus seinem Sumpf ziehen musste. Trotzdem bangte er wieder, ob Vlad auch wirklich kommen würde. Nicht im letzten Moment aus irgendeinem Grund abspringen würde, so dass sein ganzes Engagement vergebens wäre.

Bis zur Klinik würden sie mit seinem Auto fünfzehn Minuten brauchen. Dort sollte Vlad um acht Uhr erscheinen. Jetzt war es halb acht. Wenn Vlad jetzt gleich oder in zehn Minuten auftauchen würde, hätten sie ausreichend Zeit, pünktlich zu sein. Und Serafiniak wusste ja, dass Verlässlichkeit und Pünktlichkeit bei den Sozialarbeitern, Ärzten und Therapeuten, die sich um Drogenabhängige kümmerten, eine große Rolle spielten. Entweder wollten die Klienten eine Hilfe. Dann mussten sie Verabredungen auch einhalten, oder sie wollten sie nicht wirklich. Dann konnte ihnen nicht geholfen werden. Das war auch einzusehen.

Serafiniak atmete auf, als er Vlad kommen sah. Er hatte den kleinen Rucksack auf dem Rücken. Hatte er wieder in der Tiefgarage übernachtet oder noch einmal in der Laurentiuskirche? Serafiniak hatte eine Zeitlang überlegt, ob er ihm anbieten sollte, bei ihm zu Hause zu übernachten. Er wusste aber nicht, ob Vlad dieses Angebot überhaupt annehmen würde. Und wenn er ehrlich zu sich selber war, war ihm der Gedanke auch etwas ungemütlich. Vlad hatte ja in mehreren Situationen gezeigt, dass sein Verhalten unberechenbar sein konnte. Außerdem hatten auch Freunde Serafiniak vor diesem Plan gewarnt. Mit Recht hatten sie darauf hingewiesen, dass man seine Hilfe solchen Menschen gegenüber auch übertreiben konnte, indem man ihnen ihren letzten Rest von Selbstständigkeit raubte.

In der Rechten trug Vlad eine Zeitung, mit der er wedelte. Gleichzeitig schaute er um sich, als wolle er sich vergewissern, dass sie allein waren.
Er schien vergessen zu haben, dass sie sich seit ihrem letzten Treffen geduzt hatten.
„Haben Sie das gelesen?"
Sie setzten sich nebeneinander auf die grüne Drahtbank, während Serafiniak einen kurzen Blick auf seine Uhr warf.
„Hier!"
Vlad hatte die Lokalseite aufgeschlagen und wies auf die fettgedruckte Überschrift des Leitartikels:
„Kunstraub in der Laurentiuskirche."
Und darunter, etwa kleiner:
„Küster entdeckt den Raub der kostbaren Kopie der Madonna von der Immerwährenden Hilfe."

„Was mache ich jetzt?"
Serafiniak antwortete augenblicklich:
„Jetzt fahren wir erst einmal zur Klinik. Wir müssen uns schon beeilen."
Er sah, wie Vlad seinen Blick hob und seine Augen starr wurden.
„Da! Sehen Sie! Zwei Polizisten. Sonst erscheint hier immer nur einer alleine."
Er sprang auf, ließ die Zeitung neben Serafiniak liegen, wo sie von der Bank herunterrutschte, stieg eilig den flachen Damm hinauf, der auf die Mauer

führte, die den Park von der befahrenen Straße trennte, sprang hinunter, trotz der beträchtlichen Höhe. Die beiden Polizisten hatten mittlerweile zu laufen begonnen, hatten schon das Rondellchen erreicht, erkletterten ebenfall den Damm, drehten wieder um und verschwanden wieder in der Richtung, aus der sie hergekommen waren, immer schneller laufend.

Serafiniak stieg ebenfalls den Damm hinauf. Er meinte in der Ferne Vlad und seinen Rucksack noch einen Moment zu erkennen, bevor er Richtung Bensberg rennend hinter den Büschen verschwand.

Was sollte er tun? Wenn die Polizisten wirlich wegen des Kunstraubs hinter Vlad her waren, konnte er sie nicht daran hindern. Würde er Vlad überhaupt wiederfinden, wenn er hinter ihm herfahren würde? Was steckte überhaupt hinter dem Artikel in der Lokalpresse? Oder sollte er zur Klinik fahren? Aber was sollte er dort berichten? Alles, was er jetzt über Vlad sagen würde, wäre dann ein für allemal amtlich erfasst. Konnte das Vlad dienlich sein? Und wenn der ihn die ganze Zeit belogen hatte?

Er stieg den Damm wieder hinunter. Als er die Zeitung aufheben wollte, wurde sie von einem Windstoß erfasst und Richtung Strunde geweht. Im Osten erschien nun ein unwirkliches Morgenlicht, während der Sturm die goldenen Blätter durch die Gegend wirbelte. Als er ihrem Zickzack-Flug nach oben mit den Augen folgte, sah er über sich einen ungewöhnlich roten Milan seine Kreise drehen, ungewöhnlich an dieser Stelle. Die majestätischen Vögel sah man sonst nur über den Außenbezirken der Stadt, wenn sie sich langsam hochschraubten, um oben lange genussvoll zu schweben und dann aus großer Höhe ihre Opfer ausfindig zu machen, auf die sie unvermittelt herunterstießen. Waren sie Sinnbilder einer blinden Natur oder einer langatmigen Gerechtigkeit oder einfach der Schönheit unserer Welt oder Symbole von gnadenloser Machtausübung?

Er machte sich auf den Weg nach Osten, zu dem Atelier in der Neuen Dombach. Vielleicht würde er dort Antworten auf seine Fragen finden.

Formel 1 im Aufzug

Der Spiegel nimmt die ganze Seitenwand ein. Die obere Hälfte. Venezianische Spiegel waren früher berühmt. Warum eigentlich? Gaben sie die Wirklichkeit besonders genau wieder? Aber wäre das den gepuderten Rokokodamen recht gewesen? Dieser hier liefert auf jeden Fall ein gestochen scharfes Bild. Ob einem das gefiel oder nicht. Serafiniak sieht das riesige Gesicht mit den zierlichen Lippen und die zwei Trainingsjacken übereinander. Ein roter Reißverschluss. Der Blick, der in eine Ferne geht, die er nicht begreift. Daneben die graue Kappe mit den Zügen, die von Alkohol und Nikotin gezeichnet sind. Ein erstaunlich lieber Mund. Solche Leute sieht man in der Stadt häufiger, seitdem das große Einkaufszentrum eröffnet wurde. Hinter den beiden Frauen ragt eine große Gestalt mit Schiebermütze in einer bräunlich-schwarzen Winterjacke auf. Sie sieht älter als alle anderen aus, nicht erholt, eher angestrengt, leicht erregbar. Wenn den nicht einmal der Schlag trifft! Einzelne rote Flecken im Gesicht. Das gefällt Serafiniak nicht. Plötzlich weiß er schlagartig: Das ist er selbst. Wie immer zuerst ein Schock, obwohl es ihm schon mehrmals passiert ist. Aber ein gnädiges Vergessen lässt den Schreck immer wieder in den Hintergrund treten. Bis er ihn aufs Neue trifft. Dann versucht er sich zu beschwichtigen, indem er sich mit den anderen vergleicht. Fast alle sind jünger. Das kann ihn ein wenig beruhigen. Und der Ausschlag, der sein Gesicht einige Jahre verunstaltet hat, ist auch verschwunden. Na, also!

Die Tür des Aufzugs öffnet sich nun, die beiden vom Leben gezeichneten Frauen vor ihm verlassen den Spiegel und den Raum davor, und neue Leute strömen herein, drücken auf die Tasten neben der Tür, mit denen sich ein Designer besondere Mühe gegeben hat, und suchen sich einen Platz in der Kabine.

„He, isch bin ersto!"

Serafiniak hört den Akzent der Unterschicht, deren Existenz von vielen geleugnet wird. Warum auch immer. Deshalb hat man andere Wörter erfunden, denkt er: Unterprivilegierte, Hartz-4-Empfänger, Prekariat.

Ein Kinderwagen wird von einem kahlgeschorenen Mann mit Karacho in den Aufzug geschoben. Er kriegt gerade noch die Kurve. Ein zweiter, dunkelhaariger Mann in einer dünnen schwarzen Trainingshose mit weißen Streifen an der Seite folgt, ebenfalls mit einem Kinderwagen. Beide Kinder jauchzen vor Freude.

Serafiniak hört die Dialoge aus unterschiedlichen Richtungen, die sich vermischen. Wie von einer Bühne ohne Regisseur.

„Wir sind doch hier nicht auf der Rennbahn."
„Können Sie mal ein bisschen Platz machen?"
„Wo ist denn jetzt der Parkplatz?"
„Es gibt mehrere Parkplätze."
„Ich suche die Kundentoilette."
„Hier ist sie doch angezeigt."

„Das kann man kaum sehen."
„Ist doch toll. Mal die Männer mit dem Kinderwagen."
„Jetzt fährt der wieder rauf. Dann kommen wir ja nie an."
„Ich finde es hier ganz gemütlich."
„Ich kann mir Besseres vorstellen."
„Mir fehlt hier ein Kellner."

Wohin fährt dieser Aufzug eigentlich? denkt Serafiniak. Fährt er überhaupt, oder sind das alles nur Scheinbewegungen? Oder ein Traum.

Die große Tür öffnet sich, entlässt eine Frau mit einem halbwüchsigen Kind, lässt einen gebückten alten Mann mit Stock und eine weißhaarige Frau mit einer riesigen Tasche ein.

„Jetzt fehlt nur noch, dass er steckenbleibt. Mit dieser Menschenmenge."
„Na und! Stell dir vor, du wärst dann ganz alleine!"
„Die Etagenschilder sind doch bescheuert. Als wären die Parkplätze neben den Etagen."
„Wie neben den Etagen?"
„Na, die Schilder sind doch links neben den Etagenschildern."
„Und sollten sie lieber rechts sein?"
„Blödsinn!"

Serafiniak erblickt im Spiegel ein lächelndes ovales Gesicht. Es gehört zu einer dunkelhaarigen Frau. Sie schaut hinter seiner rechten Schulter hervor. Ihre Augen begegnen sich im Spiegel. Ihre Ohren hören die gleichen Dialoge. Sie sitzen im gleichen

Theater. Vielmehr sie stehen. Oder fahren. Oder schweben. Ein geheimes Einvernehmen malt sich in beiden Gesichtern. Es ist die Flüchtigkeit und der geheime Sinn des Fahrstuhls. Seine kaum wahrnehmbaren Bewegungen. Dieser Fahrstuhl ist nicht nur ein Fahrstuhl. Deutlich erkennt Serafiniak das in ihren Zügen. Nur deshalb kamen sie in diesem Aufzug zusammen. Für eine kurze Zeit. Und für immer. Serafiniak denkt an die Geschichte des Mönchs von Kloster Heisterbach. Der nur kurze Zeit weg war. Und doch so lange. Er besiegelt ihr Lächeln mit seinem.

„Pass auf! Gleisch geht's weito! Isch bin Mischall Schumacho."
„Quatsch. Der machtet doch nisch meo."
„Häh?"
„Sebastian Vettel, äh."
„Ach ja!"

Nach einem dezenten Glockenton, der nach Fritten und Currywurst riecht, öffnet sich in perfekter und samtener Bewegung die eloxierte Tür, die Fahrgäste steigen aus und atmen tief die Luft ein, die hier draußen auch nicht viel anders, nicht viel frischer ist. Die beiden jungen Männer schieben ihre Kinderwagen zuerst noch vorsichtig, dann leicht in die Hocke gehend, um das Rennen wiederaufzunehmen. Bevor sie so richtig loslegen können, werden sie von zwei jungen Frauen in schwarzen Steppmänteln und großen Plastikbeuteln aufgehalten.
„Mensch, Ivo, schau dir doch mal den Kleinen an! Der kriegt ja gar keine Luft mehr! Halt mal!"

Sie drückt dem Mann mit dem weißen Streifen an der Hose ihren Plastikbeutel vor den Bauch, beugt sich über den Kinderwagen und richtet ihrem Söhnchen sorgfältig das schwarze Mützchen, gibt ihm einen Kuss ins Gesicht.

Ihre Freundin tut es ihr nach, schaut zu den beiden Männern und stöhnt verächtlich:
"Männer!"

Die beiden jungen Männer lehnen an der Glaswand des Friseurladens und zünden sich eine Zigarette an. Das Rennen ist vorbei. Bevor es richtig angefangen hat.

Als Serafiniak und die Schwarzhaarige nebeneinander den Aufzug verlassen, verfolgen sie noch kurz die Szene mit den jungen Männern. Sie werfen sich noch einen Blick zu. Ein letztes kurzes Lächeln. Dann geht jeder seines Weges. Außer an die schwarzen Haare kann sich Serafiniak an nichts erinnern. Doch: An das Lächeln.

Die zweite Dimension

Der Spiegel nützt ihm nichts. Und wenn er die Wirklichkeit noch so scharf abbildet. Serafiniak begreift es nicht. Dort sah er ihre schwarzen Haare und ihr Lächeln so genau. Aber sie bleibt einfach verschwunden. Und er hat es schon mehrmals versucht. Mit dem Fahrstuhl nach unten, oder nach oben, je nachdem. Dann aussteigen, in die Fußgängerzone, links abbiegen, am Ende der Straße die Glastür des Eissalons öffnen.

Mustert ihn der Kellner mit der Schopffrisur nicht ein wenig anzüglich? Und auch wenn er sein kleines Eis mit Sahne bestellt, bleibt er allein. Der Platz neben ihm, wo sie auf dem Sofa mit dem roten Plastikbezug gesessen hat. Zu ihrem Lächeln war das Sprechen gekommen. Wie sie ihre Lippen öffnete, als hätte sie im ganzen Leben nur mit ihm geredet.

Zuerst, als sie den Aufzug verließen und den beiden Männern mit den Kinderwagen nachschauten:

„So ist das mit der Geschwindigkeit."
„Das sehe ich genau so."
„Das brauchst du nicht zu erwähnen."
„Wer das einmal raushat, ….."
„Um den ist es schnell gescheh'n."

Lächeln.

„Deshalb muss er mit Banalem ablenken."

Pause.

„Das Eis am Bahnhof ist besser als hier."
„Ich weiß."
„Na, dann!"

So hatte es angefangen. Aber was hieß schon Anfang und Ende?

Auch im Eissalon befand sich auf der gegenüberliegenden Wand wieder ein großer Spiegel. Beide stellten sie es mit einem befriedigten Lächeln fest. Sie betrachteten sich abwechselnd in der Spiegelwand und dann –fast erschreckend- von Angesicht zu Angesicht. Das Gesicht unter der Schiebermütze und das ovale Gesicht, das von den schwarzen Haaren gerahmt ist.

„Im Spiegel zeigt sich Sehen und Gesehenwerden. Das ist der Unterschied zur Wirklichkeit."
„Die Wirklichkeit ist beides zusammen."
„Stimmt. Und ermöglicht deshalb auch das Lächeln."

Die Bestellung eines Eisbechers und eines Cappuccinos hatten sie wie im Traum aufgegeben.

„Wo fangen wir an?"
„Müssen wir überhaupt anfangen? Waren wir nicht immer schon mitten drin?"
„Ich kenne den Unterschied zwischen Anfang und Ende gar nicht mehr."

„Vielleicht vergisst man dann auch den Unterschied zwischen Hell und Dunkel und Raum und Zeit."
„Wie der Mönch von Altenberg."
„Ist das nicht der gleiche wie der von Heisterbach?"
„Kann sein. Auf jeden Fall folgte er dem lieblichen Gesang eines geheimnisvollen Vogels."
„Man darf nicht vergessen, was der Mönch für ein Typ war."
„Jaja, er war sehr wissbegierig und irgendwie mit seinem Leben nicht zufrieden."
„Bis er diesem wunderschönen Vogel mit seinem herrlichen Gesang in den Zauberwald folgte."
„Und sein Herz war voller Sehnsucht gewesen, bis der Vogel ihm alle Freude der Welt ins Gemüt goss."
„Dann kam das plötzliche Erwachen. Und das Gefühl, dass er ins Kloster zurückkehren müsse. Er meinte, es sei schon spät geworden."
„Ja, und im Kloster kannte ihn dann keiner mehr."
„Weil sein Haar weiß geworden war und er in einer viel späteren Zeit zurückkam."

In diesem Moment öffnete sich plötzlich die Glastür und die beiden jungen Frauen in den schwarzen Steppmänteln schoben die Kinderwagen herein. Auf den Kindern lagen die schweren Einkaufstüten aus Plastik.
„Könnt ihr uns nicht wenigstens mal die Tür aufhalten?" fauchten die Frauen die beiden jungen Männer an, die draußen ihre Zigarettenkippen in einem großen Aschenbecher entsorgten.

Sie sahen sich wieder an.

„Vielleicht war es ein Fehler, wieder ins Kloster zurückzukehren."
„Wo ihn die anderen nicht erkannten. Genau. Einfach wieder auf den Gesang des Vogels warten."
„Tagein, tagaus. Oder sagen wir: Jeden Nachmittag um zwei. Immer an der gleichen Stelle."

Sie hielten minutenlang ihre Hände, bevor sie auseinandergingen. Jeden Tag. Zwei Wochen lang jeden Tag. Immer an der gleichen Stelle. Bis sie nicht mehr erschienen war. Was er nicht verstand. Weshalb er nun immer in den Aufzug zurückkehrte. Jeden Tag. Vergeblich.

Der Spiegel nützt ihm nichts. Und wenn er die Wirklichkeit noch so scharf abbildet. Serafiniak begreift es nicht. Dort sah er ihre schwarzen Haare und ihr Lächeln so genau. Aber sie bleibt einfach verschwunden. Und er hat es schon mehrmals versucht. Mit dem Fahrstuhl nach unten, oder nach oben, je nachdem. Dann aussteigen, in die Fußgängerzone, links abbiegen, am Ende der Straße die Glastür des Eissalons öffnen.

Mustert ihn der Kellner mit der Schopffrisur nicht wieder anzüglich? Und auch wenn er sein kleines Eis mit Sahne bestellt, bleibt er allein. Der Platz neben ihm, wo sie auf dem Sofa mit dem roten Plastikbezug gesessen hat. Zu ihrem Lächeln war das Sprechen gekommen. Wie sie ihre Lippen öffnete, als hätte sie im ganzen Leben nur mit ihm geredet.

Aufzug, die dritte

Weil sie in einer Zeit lebten, in der man das Wort Altersheim als Beleidigung empfand und man es deshalb durch Seniorenresidenz ersetzte, meinten sie, sie müssten sich von ihren Schutzbefohlenen durch modische Anhängsel wie Piercings in Nase und Oberlippe oder
einen männlichen Pferdeschwanz absetzen. Diese Accessoires dienten ihnen gleichzeitig als Trost und Protest gegen die miese Bezahlung ihrer immer wichtiger werdenden Arbeit. Der mit dem Pferdeschwanz schob den Rollstuhl mit dem Mann mit der Schiebermütze so, dass er die Etagenanzeige genau verfolgen konnte. Er stand nun neben dem anderen Rollstuhl mit der alten Frau. Die beiden Alten schauten mit ausdruckslosem Blick in eine Ferne, die in der Enge des Aufzugs gar nicht vorhanden war.

„Auch Alzheimer?" meinte der mit dem Pferdeschwanz zu seinem Kollegen, den er nun genau in dem großen Spiegel an der Wand des Aufzugs betrachten konnte.

„Man muss vorsichtig sein. Man weiß nicht, was sie noch verstehen."

Der junge Mann mit den Piercings in Nase und Oberlippe vergewisserte sich, dass die Frau mit den sorgfältig ondolierten grauen Haaren, die einmal schwarz waren, und ihr Blick in dem ovalen Gesicht weiter ungerührt blieben.

„Er wundert sich immer," entgegnete der mit dem Pferdeschwanz, „wenn ich ihn ins Heim zurückfahren will. Er behauptet regelmäßig, er wohne in Frankfurt. Ich wende dann immer einen Trick an. Ich drehe den Rollstuhl einmal um sich selbst und dann geht es schnell durch die Haustür in den Flur. Wenn er die schönen Chagall-Bilder sieht, die dort hängen, ist alles kein Problem mehr."

Als der Aufzug mit einem kleinen Ruck den ersten Halt andeutet und sich die Szenerie im Spiegel durch die neu Hinzutretenden im Hintergrund ändert, fällt der Blick der Frau mit den ondolierten grauen Haaren auf die beiden Rollstühle im Vordergrund des Spiegelbilds. Ihr zusammengesunkener Körper streckt sich plötzlich, sie wächst um einiges in die Höhe, und aus der karierten Decke, die auf ihrem Schoß liegt, fährt eine schmale Hand mit knotigen Gelenken heraus, legt sich zuerst auf ihre rechte Lehne, dann auf die Lehne des anderen Rollstuhls, wo sich die linke Hand des Alten mit der Schiebermütze befindet. Sein Gesicht ist nicht mehr gerötet. Er schaut nun langsam abwechselnd nach links auf ihre beiden aufeinanderliegenden Hände und ihre Konterfeis im Spiegel. Auch er richtet sich nun langsam auf, sein ausdrucksloser Blick ändert sich, als erwache er gerade erst aus einem tiefen Schlaf, dann malt sich Verwunderung in seinen verwitterten Zügen ab, nun scheint sich ein leichtes Lächeln in seine Miene zu schleichen.

Die Bewegung des Aufzugs verliert ihre normale Geschwindigkeit, verschwindet in der Zeitlosigkeit.

Doch davon merken die übrigen Passagiere nichts. Sie steigen ein wie immer, versuchen, den Blickkontakt mit den anderen schamhaft zu vermeiden, schweigen oder tauschen mit einem Begleiter eine unverfängliche Belanglosigkeit aus. Dann steigen sie aus, froh, schnell auf die gewünschte Kaufplattform oder zu ihrem abgestellten Wagen eilen zu können. Nur für die beiden Alten wird die Zeit angehalten. Eine Etage ist ein Jahrzehnt, die Flachheit des Spiegels erhält Raum und Tiefe.

Er möchte gerne wissen, ob sie damals in ein Kloster oder in eine Ehe geflohen ist. Doch was soll das Fragen nach der Vergangenheit! Nur die Gegenwart zählt. Sie stehen plötzlich hintereinander. Ihre Körper berühren sich mit der bloßen Haut. Er spürt die Knospen ihrer Brust in seinem Rücken. Dann dreht er sich um. Was er sieht, verschlägt ihm den Atem. Eine Trennung von Körper, Geist und Seele gibt es nicht mehr. Sie liegen ineinander verwurschtelt in einem breiten Bett. In einem Raum, der von einem milchigen Licht durchflutet ist und doch geschlossen wie kein anderer. Wie Zwillings-Embryonen. Die Windungen ihrer Gehirne sind ineinander verschachtelt. Sie denken und fühlen nun als eine einzige Person.

Seine rechte Hand liegt in einer offenen Wunde, wie damals die des biblischen Thomas. Nur hat es nichts mit Unglauben zu tun. Seine Finger sind gespreizt, liegen nun an mehreren Spalten gleichzeitig. Wie wenn es sich um Windungen eines freundlichen Gehirns handeln würde. Ihn fasst eine ungeheure Erregung, die sich noch steigert, als seine Linke zwischen zwei weichen Schenkeln ruht. Spät, spät, aber umso wärmer ergießt sich seine ganze Seele.

Ja, ja, sagt sie. Eine nie gekannte Wärme steigt wie eine Woge in ihr auf, umhüllt sie endlos und ganz. Will nicht enden. Endet nie. Sie ist die Woge, ein Pazifik, der die Welt umschlingt. Eine Brandung an den Ufern aller Zonen dieser Erde. Gewalt und Zärtlichkeit in einem.

Und ihre Hände sind zum Schluss verknäuelt ineinander, müssen von den Altenpflegern vorsichtig voneinander gelöst werden, als sie auf der Dachterrasse angelangt sind. Verwundert schauen sich die Pfleger an, schütteln ratlos ihren Kopf. Sie sagen nichts, als sie den Weg zu ihren Autos suchen. Bevor sie die Rollstühle über die heruntergeklappten Rampen schieben, werfen sie einen Blick über die Häuser und die Fabrikschornsteine der Stadt und die Wälder dahinter und noch viel weiter. Einen Augenblick lang scheinen sie zu ahnen, was in den Köpfen ihrer Schutzbefohlenen abgelaufen ist.

Der Duft des zweiten Lebens

Fast schlagartig würde sich Hildegard Schreibers Leben mit dem Beginn ihres Rentenalters ändern. Hatte sie gedacht. Natürlich hatte sie insgeheim auf Wilhelm gehofft. Der war schon zwei Jahre vorher in Pension gegangen. Das heißt, eigentlich war er in seine Werkstatt gegangen. Die er vorher auch regelmäßig aufgesucht hatte. Aber nun sah man ihn praktisch nicht mehr außerhalb, höchstens am Abend vor dem Fernseher. Er schreinerte Schränke, Schreibtische, Tische, Regale für seine Verwandten und Bekannten. Dass die das manchmal gar nicht wollten, schien er nicht zu hören oder zu ignorieren. Und Hildegard traute sich sowieso nicht, ihn zu kritisieren. Das war in ihrer ganzen Ehe nie üblich gewesen. Er liebte sie, zweifelsohne. Doch seine Werkstatt liebte er mindestens genauso. Obwohl man nicht richtig wusste, ob es sich dabei wirklich um Liebe handelte. Vielleicht war es auch nur ein unausrottbares Pflichtgefühl. Die Erlaubnis zum Leben hatte man sich mit Arbeit zu verdienen. Und Arbeit war nur das, was wenigstens bis zu einem gewissen Grade auch wehtat. Seine Arbeit beim Finanzamt hatte ihn wegen ihrer Langeweile geschmerzt. Die Arbeit in seiner Werkstatt liebte er, obwohl sie gleichzeitig schwer und anstrengend war. Er betrachtete er die körperlichen Mühen und den Muskelkater, den er manchmal davontrug, mehr als ein Verdienst oder eine Art Ordensverleihung als eine Schädigung oder Beeinträchtigung.

Hildegard hatte ihre eigene Arbeit ein bisschen anders gesehen. Sie machte ihr Spaß, obwohl sie dieses Wort nie benutzt hätte, schon weil sie wusste, dass sie damit bei ihrem Mann auf Befremden stoßen würde. Die Büroarbeit in dem warmen und ordentlich ausgestatteten Zimmer des Beerdigungsinstituts hob ihr Selbstbewusstsein, vor allem, wenn sie an ihre schlimmen Kinderjahre dachte. Und dann die Höhepunkte ihrer Arbeit, wenn sie eine Rede in der Trauerhalle halten durfte. Weil sie so liebe, unproblematische Reden hielt, hatte sie sogar eine gewisse Berühmtheit in der Stadt erreicht, so dass manchmal Leute von außerhalb nur wegen ihr den Sarg bei ihrer Firma bestellten und ihre Verwandten auf dem städtischen Friedhof bestatten ließen. Doch brauchte sie auch immer die Rückkehr zu der Arbeit in ihrem Büro. Die allerdings Sorgfalt und Ordnung erforderte. Überhaupt Ordnung. Sie war ihr selbstverständlich, und gleichzeitig war sie eine Forderung, die sie gerne erfüllte. Alles andere hätte ihr Angst gemacht.

Zu Hause war ihr auch die Hausarbeit eine Selbstverständlichkeit. Hier lief nicht alles so ordentlich ab wie im Büro, weil ihr Mann durch seine von ihm selber verehrte Unzuverlässigkeit und Beliebigkeit manches unmöglich machte, was sie gerne gehabt hätte. So gab es nie geregelte Essenszeiten. Jeder meldete seine Bedürfnisse an, wann es ihm gerade in den Kram passte. Doch konnte sie darüber hinwegsehen. Sie hatte sich seit Jahren eine gewisse Gleichgültigkeit zugelegt. Neben dem Haushalt und der Familie hatte sie ja noch ihre harmlose Leidenschaft: ihr Blumenfenster. Sie freute sich am Gedeihen der verschiedenen Orchideenarten, den diversen Tigerzungen, den fleischigen Blättern des Pfennigkrauts und dem unverwüstlichen Wachstum der Grünlilien. Alles nichts Außergewöhnliches, aber es wuchs und wuchs unter der Pflege ihrer ordentlichen Hände unentwegt. Sie sah die Pflanzen mehr insgesamt, wie die selbstverständliche Anwesenheit der Familie. Aber diese Familie hier gedieh so gut, weil sie ausschließlich nach ihren Regeln gepflegt wurde. Hier redete ihr niemand rein. Sie wusste nicht viel über Eigenarten der einzelnen Pflanzen. Sie betrachtete sie auch nie genauer. Sie genoss einfach das Gefühl, dass hier unablässig etwas unter ihrer Obhut gedieh.

Heute war einer der selten gewordenen Tage, an denen sie gemeinsam Fernsehen schauten. Weil sie gerade nichts Besseres fanden, sahen sie einen Film über den Regenwald.

„Immer wird nur Negatives im Fernsehen gezeigt", war Wilhelms Resümee, bevor er aufstand, um sich wieder in seine Werkstatt zu verziehen.
„Aber man sah doch wunderbare Pflanzen und Tiere", wagte sie schüchtern zu widersprechen.
„Ja, aber sie haben dauernd vom Abholzen gesprochen. Dabei werden doch heute die wertvollen Tropenhölzer schon in Plantagen angebaut. Sonst hätte ich ja kein Mahagoni und kein Palisanderholz in meiner Werkstatt."
„Ich fand die herrlichen Formen und Farben der Orchideen so schön."

Sie stand auf, ging zu ihrem Blumenfenster und begann ihre Pfleglinge plötzlich ganz anders in

Augenschein zu nehmen. Sie bewunderte die Vielzahl der Blüten am Rispenbogen der Orchideen. Die weißen Flügel kamen ihr nun gleichzeitig magisch und unschuldig vor, und es überkam sie ein leichter Schauer, als ihr bewusst wurde, dass in dem erglühenden Rot der Blüten Scham und Lust zugleich sichtbar wurden. Sie sah auf einmal die Lippen eines kleinen Tigers und die zierlich wippenden Tentakeln, und Schwüle und Entführung berührten den Rücken ihrer Biederkeit. Als sie mit den Fingern über die zarten Blütenblätter strich, entfuhr es ihrem Mund:
„Ich möchte gerne einmal den Geruch des Urwalds einatmen."

Ihr Mann verließ kopfschüttelnd den Raum.

***

In den nächsten Tagen musste sie immer wieder an die Tiefen des Urwalds und seinen Duft denken. Überhaupt Düfte. Sie entdeckte auf einmal den Geruch und den Geschmack von Knoblauch für das Essen, das sie kochte. Als ihr Mann befremdet reagierte, kehrte sie zum heimischeren Bohnenkraut zurück. An den Braten gab sie zum ersten Mal den Geschmack von Salbei. Ihre Freundin hatte ihr schon immer empfohlen, das Essen doch etwas mehr zu würzen. Ihr Mann wollte aber stets bei Salz und Pfeffer bleiben. Allenfalls Muskat ließ er zu.

Ihrer Freundin erzählte sie in einer stillen Stunde zögernd von ihrer plötzlichen Sehnsucht nach dem

Geruch des Urwalds. Sie staunte, als diese das gar nicht anstößig fand.

„Wir können doch einfach mal zusammen die Flora in Köln besuchen. Da war ich schon lange nicht mehr."

„Ich war noch nie da."

„Na, also. Dann nichts wie hin!" meinte ihre Freundin. Dann vergaßen sie das Thema, weil sie ausführlich über die neusten Symptome ihrer diversen Krankheiten redeten.

Mit schlechtem Gewissen fuhr sie ein paar Tage später mit dem Bus zum S-Bahnhof und von dort nach Köln. Am Hauptbahnhof stieg sie in eine Bahn, die direkt vor der Flora hielt. Alles etwas umständlich. Aber immerhin sah sie, dass es möglich war. Sie hatte zwar einen Führerschein, aber seit vielen Jahren war immer nur ihr Mann gefahren. Sie würde sich jetzt gar nicht mehr so richtig trauen. Sie hatte spontan die Gelegenheit beim Schopf ergriffen, als Wilhelm sich für drei Tage mit seinem Skatclub in Hamburg aufhielt. Sie hatte ihm nichts von ihrem Plan erzählt, die Flora zu besuchen, obwohl er sicher nichts dagegen gehabt hätte. Aber irgendwie scheute sie sich, als wenn sie etwas Unanständiges vorgehabt hätte. Zwar hätte er sich ein wenig gewundert, dass sie sich alleine von zu Hause fortbewegen wollte, doch hätte er schließlich nichts dagegen einzuwenden gehabt. Zu ihrer Arbeitsstelle war sie ja auch immer mit dem Bus gefahren. Aber halt immer dieselbe Strecke, jahrein, jahraus. Ohne umsteigen zu müssen.

Erstaunt sah Hildegard Kakteen auf Sandboden, Kakteen auf schwarzem und rotem Vulkangestein. Eine fremdartige Welt mit ihren mancherlei prächtigen Blüten, die unerwartet aus einer unwirtlichen Umgebung und aus abweisenden Stachelwesen hervorwuchsen. Das war aber nicht, was sie suchte. Sie öffnete die Tür zum nächsten Glashaus, eine Doppeltür, um das Klima drinnen hermetisch abzuriegeln. Es verschlug ihr den Atem, was ihr da entgegenwaberte. Sie stand in einem feuchten Nebel, der sie nichts mehr sehen ließ. Ah, ihre Brille war sofort beschlagen. Erst als sie diese mit einem Taschentuch gewischt hatte, sah sie den dichten Blätterwald vor sich, ein Grünton neben dem anderen. Und dann der Geruch. Es war aber nicht der, den sie erwartet und ersehnt hatte. Nein, dieser Geruch war faulig, schmeckte fast abgestanden, unanständig, verbraucht. Wieder musste sie ihre Brille einer Putzaktion unterziehen.

Vielleicht war diese stickige Urwaldluft doch nichts für sie. Sie nahm ihr den Atem. In einem dritten Leben erst könnte sie sich womöglich daran gewöhnen. In diesem zweiten, das gerade begonnen hatte, wohl kaum. Die dicken Bambusstämme, die in einer Brücke die seltsamen grünen Tiefen überquerten, waren glitschig und zwangen sie zu vorsichtigen Schritten. Einzelne Pflanzen hangelten sich üppig über das Geländer, das sie krampfhaft festhielt. Die Blätter in den unterschiedlichsten Grüntönen strebten danach, alles zu bedecken. Und bei manchen Blüten meinte man eine atemlose Verschwendung zu bemerken.

An verschiedenen Orchideen, die sie erblickte, glaubte sie wieder eine gewisse Unanständigkeit wahrzunehmen. Ihre Farben glitten ins Irre ab, während sie erstaunlicherweise keinen Geruch absonderten. Die Bürsten und Borsten anderer Blüten beleidigten die Biederkeit ihres Beamtensinns. Vor einer Riesenblüte sah sie plötzlich zwei Kinder staunend stehen. Ein glatter Schaft von einer giftigen Farbe schoss aus einem gekräuselten Untergrund hervor, und vor dem ekligen Geruch musste auch sie sich die Nase zuhalten und weitergehen.

Sie schloss die Doppeltür und betrat aufatmend den nächsten Raum. In ihre Lungen zog eine leichte Luft, die sicher von den heiteren Pflanzen ausgeatmet wurde, die sich hier locker und hell dem erfreuten Auge boten. Und der Nase! Gleich stieg ihr ein lieblicher Duft in die Nase. Er war süß, sanft und doch fast betäubend. Die Blüte der Pflanze, der er entstieg, hatte eine Haut wie von Porzellan. Viele weißlich-rosa Sterne waren ihr Unschuld und Anspruch zu gleicher Zeit. Sie nahmen sie in Beschlag, als wären sie ihr eigenes Ich oder das, was sie immer gesucht hatte. „Frangipani" stand auf dem Etikett in dem kleinen metallenen Ständer daneben. Hildegard hätte nicht zu sagen gewusst, wie lange sie in diesen paradiesischen Geruch eingetaucht war. Als hätte sie ein erfrischendes und stärkendes Bad darin genommen.

***

Auf der Rückfahrt mit der S-Bahn wollte sie sich zuerst von den jungen Leuten im Punker-Look abwenden, weil sie ihr peinlich waren. Ihre Augen, die aus schwarzen Schatten wie aus tiefen Gräbern auf ihre Umwelt schauten, die blutenden Wunden auf ihren Gesichtern und die rußschwarze Kleidung. Doch dann stellte sie mit angenehmem Erstaunen fest, dass sie ihr zulächelten. Als wären sie selber und auch sie, Hildegard, Schauspielerkollegen in einem gemeinsam aufgeführten Theaterstück. Dabei hatte Hildegard merkwürdigerweise immer noch den Geruch der Frangipani in der Nase. Oder im Kopf. Oder in den Kleidern. Sie wünschte sich, dass er bis zu Hause anhalten würde. An der Endhaltestelle der S-Bahn hätte sie normalerweise nur die Fahrbahn der Busse zu überqueren brauchen, um die Linie 453 zu erreichen, die sie fast bis zur Haustür gebracht hätte. Doch spürte sie plötzlich den unwiderstehlichen Drang, die sieben Minuten bis zur nächsten Haltestelle zu Fuß zu gehen und dabei die Fußgängerzone zu durchqueren. Nie wäre sie früher auf diese Idee gekommen. Plötzlich fiel ihr dieses Schild auf, das sie schon immer geärgert hatte. Sie stieg die drei Stufen mit dem schmiedeeisernen Geländer hoch und betrat den Raum.

***

„Ich hätte gerne zwei Steaks."
„Wie bitte?"
„Ich hätte gerne zwei Steaks."
„Wir sind keine Metzgerei."
„Aber Sie haben doch sicher Hirsch-Steaks."

„Wir sind eine Apotheke, gnädige Frau, keine Metzgerei."
„Aber draußen steht doch, dass es hier auch Hirsch gibt."
„Wir heißen Hirsch-Apotheke. Aber wir sind eine Apotheke."
„Draußen steht, dass hier eine Apotheke ist, und dass man hier Hirsch bekommt."
„Draußen steht Hirschapotheke. Das ist der Name der Apotheke."
„Nein, das steht da nicht."
Einen kurzen Moment lang erschrak sie. Nie im Leben hatte Sie einem anderen gegenüber das Wort „Nein" benutzt, um eine Aussage des anderen in Zweifel zu sehen. Nun wiederholte sie:
„Nein, das steht da nicht. Dann würde das Wort zusammengeschrieben. Oder mit Bindestrich."
„Wie meinen Sie das?"
Sie wunderte sich selber über die ungewohnte Sicherheit, um nicht zu sagen Barschheit, mit der sie fortfuhr:
„Wie ich es sage: Wenn es Hirsch-Apotheke heißen soll, müsste da ein Bindestrich stehen, oder es müsste ein Wort sein, nicht zwei. Draußen stehen aber zwei Wörter. Das Wort Hirsch und das Wort Apotheke. Also gibt es hier Hirsch und eine Apotheke."
„Moment mal, ich hole mal den Apotheker."

***

Hildegard hatte keine Ahnung, wie die Geschichte nun weitergehen sollte, als ein hochgewachsener Mann in weißem Kittel vor ihr stand. Was sie

verwirrte, war die Leinenmütze, die er auf seinem Kopf trug. Wieso trug er eine Mütze im Laden? Streng kam ihr seine Miene vor.
Als er den Mund öffnete, kam hr die Stimme bekannt vor. Kaum hatte er sie gesehen, huschte ein erstauntes Lächeln über das Gesicht mit Bart, Brille und tiefliegenden Augen.
„Ist das nicht die Hildegard?" sagte er mit einer Stimme, die sofort die Distanz und Fremdheit der Situation auflöste.
Ja, sie kannte ihn. Das wusste sie nun. Aber woher?
„Ich sehe schon. Du willst mich wohl nicht mehr kennen. Oder erkennst du mich wirklich nicht? Da müsste ich eigentlich beleidigt sein Es ist doch erst 10 Jahre her, dass wir uns zuletzt gesehen haben. Und davor waren es auch nur zehn Jahre."

Klar, die Klassentreffen! Sie trafen sich alle zehn Jahre. Nun wusste sie: Alfred. Ihr alter Klassenkamerad. Immer hatten sie sich lange auf den Klassentreffen miteinander unterhalten. Und wenn sie nach Hause kam, hatte sie ihrem Mann gegenüber immer ein bisschen ein schlechtes Gewissen. Es war wie fast jedes Mal. Wenn man den früheren Mitschülern gegenübertrat, schien man zuerst niemanden zu kennen. Nach ein paar Minuten aber kamen die alten Gesichtszüge, die man von früher kannte, wieder hervor, und nach kurzer Zeit schon war es so, als hätte man sich nie getrennt und konnte das Fremdeln gar nicht mehr verstehen.

„Das freut mich aber, dass du dich mal sehen lässt. Woher hast du denn erfahren, dass ich nicht mehr in Köln arbeite? Ich gratuliere zu dem witzigen Annäherungsversuch."
„Annäherungsversuch?"
Die alte Scheu überkam sie einen Moment wieder, und eine leichte Röte stieg ihr ins Gesicht.
„Die Idee mit der falschen Rechtschreibung. Ich gratuliere. So kann man auch an den Apotheker ran. Ich hätte aber nicht gedacht, dass du so ein Scherzkeks sein kannst."
Die Röte in ihrem Gesicht vertiefte sich, während Alfred nun sein gutmütiges heiseres Lachen lachte.
„Du hast natülich Recht. Unser Name ist falsch geschrieben. Aber du wirst mir verzeihen. Ich hatte ihn ja einfach von meinem Vorgänger übernommen. Dieses Mal ist es auch nicht die neue Rechtschreibung, die für Verwirrung gesorgt hat, sondern ein alter Fehler, warum auch immer er gemacht wurde. Aber wie geht es jetzt weiter? Ich würde dich ja gerne zu einem Eis einladen. Ich weiß ja, wie gerne du Eis isst. Pistazien vor allem, stimmt es?"
Das wusste er also auch noch.
„Im Augenblick habe ich aber dringend noch etwas zu erledigen. In meinem Büro. Aber wir könnten uns nächste Woche sehen. Sagen wir
am Dienstag um drei. Was hältst du davon?"
Das sagte er in aller Munterkeit und in aller Öffentlichkeit. Wie immer. Deshalb konnte sie nicht widerstehen.
„Sie nickt. Sie nickt einfach, wie immer. Also bis nächsten Dienstag. Mach's gut, Hildegard."

Sie hatte den Eindruck, dass er sie eigentlich zum Abschied umarmen wollte, wie er es bei den Klassentreffen immer gehalten hatte. Dieses Mal schien er sich das als Chef zu verkneifen. Oder aus einem anderen Grund, den sie nicht durchschaute.

***

Als sie wieder auf der Straße stand, erfüllte sie ein seltsames Gefühl der Befriedigung, obwohl sie natürlich nichts Konkretes erreicht hatte. Aber hatte sie das gewollt? Sie hatte die Apothekenangestellte verwirrt. Sie hatte endlich, endlich, nach so vielen Jahren ihre Meinung, die sie immer für richtig gehalten hatte, geäußert, und sie hatte eine –wenn auch widerwillige- Bestätigung erhalten.

Die Neugestaltung der Fußgängerzone war von ihrem Mann immer verteidigt worden, weil sie von der Partei veranlasst wurde, der er anhing, weil sie wie er selber die Haltung vertrat, dass Kritik unanständig sei, unchristlich und nur schaden könnte. Obwohl sie sich nicht weniger christlich fühlte, hatte sie immer insgeheim die teuren Investitionen in das neue Pflaster und die neuen mickrigen Alibibäumchen als unnötige Verschwendung empfunden, aber nie etwas gesagt. Nun widerte sie das neue Pflaster mit seiner grauen, nichtssagenden Farbe regelrecht an, zumal nun die weggeschmissenen Kaugummis hässliche, deutlich sichtbare Flecken hinterließen. Neben dem Ekel empfand sie aber gleichzeitig eine tiefe Befriedigung darüber, dass sie das sehen konnte.

Demnächst würde sie ihren Ekel irgendwo äußern, dessen war sie sich sicher.

***

Sie beobachtete, wie seltsame Gedanken durch ihr Gehirn zogen:
„In gewissem Sinne ist das zweite Leben gar nicht das zweite Leben, sondern das erste, das einzige, was es gibt. Es ist nur, als sei eine Münze, von der man bisher nur die eine Seite sah, eine Bordsteinkante heruntergerollt, und als sähe man nun zum ersten Mal die andere Seite, die aber dazugehört. Nur beide Seiten zusammen machen erst die Eigenart der Münze aus. Am geheimnisvollsten ist eigentlich das Herunterrollen oder die Borsteinkante oder der Anlass, der zum Herunterrollen von der Bordsteinkante geführt hat und der Grund, aus dem es bis dahin nicht dazu kam, dass die andere Seite sichtbar wurde. Oft gibt es ein aktives Verhindern, dass es zu dieser neuen Entwicklung kommt. Aus Angst, aus Scham, weil man meint, man könne das Erscheinen dieser anderen Seite nicht verkraften. Und wenn es dann so weit ist, findet oft eine große Erleichterung statt."

***

Dieses Mal hatte ihr Mann keinen Termin mit seiner Skatgruppe.
„Ich fahre mal in die Stadt, um mir einen neuen Rock zu kaufen."
Sie stand schon fertig angezogen in seiner Werkstatt, die Handtasche in der Hand. Auf seiner

Stirn sah sie ein leichtes, kaum wahrnehmbares Erstaunen, als hätte der Lauf der Sonne sich um eine Winzigkeit geändert. Kaum anzunehmen, kaum wahrzunehmen, aber doch nicht ganz zu übersehen. Und ein klein wenig beunruhigend. Aber nicht so sehr, dass er einen Grund gesehen hätte, die Arbeit an der Drehbank zu unterbrechen, obwohl sie sonst nie alleine in die Stadt gefahren war. Wusste sie überhaupt, welchen Bus sie nehmen musste? Aber wenn sie ihre Absicht schon so selbstverständlich und bestimmt geäußert hatte!

„Es kann etwas länger dauern. Du brauchst aber nicht mit dem Essen auf mich zu warten. Es steht alles auf dem Herd. Du brauchst es nur warmzumachen."
Nun musste er doch aufschauen. Seine Augenbrauen zogen sich eine Winzigkeit nach oben. Dann brummelte er ein kaum hörbares „Mmh" vor sich hin und wischte die rechte Hand an seinem grauen Kittel ab. Wird wohl schon alles seine Richtigkeit haben.

Als sie die Tür hinter sich schloss, sog sie tief die frische Herbstluft ein und lenkte ihre Schritte zur Bushaltestelle. Sie hoffte, keinem Bekannten oder Nachbarn zu begegnen.

S-Bahn, Bahnhof, Straßenbahn, der Kaktusgarten, die tropische Abteilung, und dann endlich –der tief eingeatmete Duft des Frangipani. Sie hatte die Augen geschlossen, und vor ihrem inneren Auge erschien ein Kaleidoskop von farbigen Räumen und

Bildern, von einem Licht erfüllt, das sie wie ein reines, aber berauschendes Getränk einsog.

Als sie in der S-Bahn auf dem Weg nach Hause saß, wusste sie nicht, ob sie eine Minute oder Tage in der Flora verbracht hatte. Sie fühlte sich aber wie nach einer Kur oder einem Aufenthalt in einem Wellness-Hotel. Zumindest stellte sie sich das so vor. Denn diese kannte sie nur aus Erzählungen ihrer Freundin, die ihr selber stets ein ungläubiges, befremdetes Lächeln entlockt hatten.

Sie staunte nur wenig über ihren leichten Gang und die Selbstverständlichkeit, mit der sie die Hirsch-Apotheke betrat, wo Alfred schon auf sie wartete, um mit ihr den Weg zum Eissalon einzuschlagen. Die weit aufgerissenen Augen der Apothekengehilfin, als ihr Alfred den Arm bot, und einige Passanten, die ihnen mit den Blicken folgten, fand sie selbstverständlich, und sie amüsierten sie gleichzeitig.

***

Nie hatte sie sich getraut, einen Nussbecher zu bestellen. Der war ihr immer zu teuer gewesen und ihr wie eine sündhafte Verschwendung vorgekommen. Heute genoss sie ihn und ließ den Rest sogar stehen, weil es einfach zu viel war.

Sie lachten über ihre Klassenkameraden, an die sie sich erinnerten und hechelten die Verschrobenheit ihrer alten Lehrer durch. Als Alfred ihr andeutete, dass er schon immer in ihre dunklen welligen Haare

verliebt war und in die Stille in ihrem Gesicht, wurde sie nicht einmal verlegen, sondern konnte einen Moment seine Hand neben seinem Eisbecher berühren, als wollte sie sagen:
„Warte mal ab. Wer weiß, was das Leben uns noch bringt."

Auf dem Weg zur Bushaltestelle hörten sie von weitem Sprechchöre, die sie aufhorchen ließen. Noch konnten sie nicht genau verstehen, um was es sich handelte. Am Ende der skandierten Sätze meinten sie nur die Wörter „Träume" und „Bäume" zu hören. Als sich die Weiträumigkeit des Marktplatzes vor ihnen öffnete, sahen sie es auch: Gruppen von offensichtlich wütenden Menschen mit Plakaten und Spruchbändern drängten vor eine Absperrung, an der sie die Polizei vor weiterem Vordringen hinderte. Hinter der Absperrung standen mehrere städtische gelborange LKWs und ein Wagen, aus dem ein Krankorb ausgefahren wurde. In dem Korb hielt ein Arbeiter eine Motorsäge an den Stamm der mächtigen Linde, die bisher den Marktplatz beherrscht hatte. Am Boden lagen die Äste der Krone, zu riesigen traurigen Haufen zusammengesägt. Nackt reckte sich der Stamm der Linde in den Himmel. Nun sollte er Stück für Stück demontiert und abtransportiert werden.

„Ihr vernichtet unsre Träume. Denn ihr schlachtet unsre Bäume." Die Demonstranten schrien lauter und lauter. Nun bekamen Hildegard und Alfred jeder ein grünes Fähnchen in die Hand gedrückt, auf dem man eine silberne Axt sah, die mit einem roten Kreuz durchgestrichen war. Die Leute –viele Kinder darunter- hoben im Rhythmus des Sprechchores die Fähnchen über ihre Köpfe.

„Sie haben wochenlang versucht, die Baumfällung zu verhindern, ohne Erfolg."
Alfred hob nun auch das Fähnchen in die Luft.
„Und warum wird die Linde gefällt?" fragte Hildegard, die den Baum kannte und ihn immer als selbstverständlichen Teil des Marktes angesehen hatte.
„Schau dir das Laub an! Eine Krankheit. So lässt es die Stadtverwaltung verlauten. So steht es in der Zeitung."
„Alles Lüge!" sprach sie ein Mann in einer roten Jacke an, der neben ihnen stand. „Es stimmt zwar, dass der Baum im Augenblick krank ist. Doch muss man nur ein paar Jahre Geduld haben, dann wird er sich von selber erholt haben. Der Grund der Fällung ist ein anderer."
„Nämlich?" fragte Alfred.
„Wirtschaftliche Interessen. Es gibt Leute, die auf dem Markt große Ausstellungen machen wollen. Und dabei stören sie die Bäume. Das Leben muss halt dem Markt geopfert werden. Auch unser schöner Marktplatz wird dem Markt geopfert. Wie überall."

Selbst Alfred wunderte sich, als Hildegard nun ihr Fähnchen hob und mit den anderen skandierte:
„Ihr vernichtet unsre Träume. Denn ihr schlachtet unsre Bäume."

***

„Nächste Woche treffe ich mich wieder mit ihm am Dienstag. Nach der Rückkehr von der Flora."

Es tat ihr leid, als sie den Schmerz und mehr noch das Nichtverstehen in seinen hellen Augen sah. Sie hätte ihm nun ihre Sätze in Ruhe erklären können. Dazu fühlte sie sich erstaunlicherweise in der Lage. Doch stand er wortlos auf und verschwand in der Werkstatt. Sie hörte, wie er mit dem Hammer auf irgendetwas einschlug. Vielleicht hielt er einen Beitel in der anderen Hand, um eine Schale zu höhlen. Oder nein, da klopfte Holz auf Holz. Heftiger als sonst. Sie hatte seit langem den Überblick über das verloren, woran er jeweils arbeitete.

***

Ihre Finger berührten, die Kuppen von Zeige- und Mittelfinger, die Haut der Blüten, die Haut ihrer Mutter, die zugleich ihre eigene war. Samt und Seide, von einer Farbe, die unmerkliche Übergänge von Weiß zu Gelb und Rosa schuf. Dahinter verborgen und unwichtig geworden Krankheit und Falten, die Spuren von Zeit und Sorgen und Ängsten. Die Haut, die alles zusammenhielt, war das Ich. Wie lange hatte sie es vergessen. Nun nicht mehr. Noch einmal sog sie tief den Duft ihrer Kindheit ein, der Kindheit vor der großen Katastrophe, die sie so lange gefangenhielt. Der Duft hatte ihr Gefühl und Farben zurückgegeben. Und die Kraft zum Handeln.

Wieder saß sie mit einem neuen Gefühl der Stärke auf den farbigen Polstern der S-Bahn. Die blutenden Wunden und die rußschwarzen Kleider der Punker waren für sie nun schon wie alte Bekannte. Und sie schien für ihre grinsenden Gesichter offensichtlich auch eine alte Bekannte zu sein. Dieses Mal gingen sie allerdings in dem Abteil umher und verkauften etwas. Dunkelblau und weiß und klein und rund lag es auf ihren Händen.

„Haben Sie 50 Cent klein? Sie wollen doch sicher auch einen."
„Einen was?"
Sie hielten ihr die emaillierte Plakette mit dem weißen Vogel vor die Nase. Sein rechter Flügel war zum menschlichen Arm geworden, der den Weg nach vorne wies. Würde er nicht gleich zu sprechen beginnen?
„Folgt mir nach!" oder so.

Hildegards Hände kramten in ihrer Handtasche und ihrem Portemonnaie, während ihre Nachbarn aus dem Fenster schauten, als hätten sie nichts gehört oder als würden sie sich peinlich berührt abwenden. Hildegard reichte der Schwarzhaarigen mit den erschreckenden Halswunden die Münze, und die Rundgesichtige mit den Lippen, die in dem gleichen Kupferrot wie ihr seltsam geformtes Haar glänzten, heftete ihr die Plakette an den Mantel.
„Dann sehen wir uns sicher gleich auf dem Marktplatz in Gladbach", versetzte sie lächelnd mit rauchiger Stimme.
Als Hildegard an der Endhaltestelle auf den Bahnsteig trat, sah sie mehrere Gruppen von

jungen Leuten, die blauweiße Transparente bei sich trugen.

***

„Hallo, Hildegard!"
Und dann umarmte er sie.
Offensichtlich hatte Alfred sich heute richtig in Schale geworfen. Zwischen den vielen jungen Leuten mit ihren Transparenten wirkte er in seinem dunklen Anzug wie ein Politiker auf dem Weg zu einer öffentlichen Rede. Ihr kam aber auch in den Sinn, wie adrett er damals ausgesehen hatte in seiner grauen Uniform, zu einer Zeit, als für viele ihrer männlichen Klassenkameraden noch ein freiwilliger Dienst bei der Bundeswehr undenkbar war. Und wie er damals mit flammenden Worten die Notwendigkeit vertrat, „unsere Demokratie notfalls mit Waffengewalt zu verteidigen". Sie wusste damals nicht so recht, was sie von diesen Reden halten sollte. Aber gut ausgesehen hatte er auf jeden Fall.

Nun war ihr gemeinsames Ziel lediglich das italienische Restaurant vor dem Marktplatz.
„Du trägst eine Friedenstaube am Mantel. Bist du auf einmal politische Aktivistin geworden?"
„Die haben mir diese jungen Leute eben in der S-Bahn angeheftet."
Sie wies auf eine Gruppe mit Transparenten, die gerade an ihnen vorbeizog.
„Was hast du denn mit denen zu tun? Das sind doch alles Chaoten. Wenn nicht Schlimmeres."

War das wirklich der Alfred, den sie seit Jahren kannte und immer ein bisschen verehrt hatte? Hatte er sich verändert? Oder hatte sich in ihr etwas verändert, was sie nun Dinge wahrnehmen ließ, die sie vorher nicht bemerkt hatte?
„Sie waren sehr friedlich und sehr freundlich zu mir."

In dem Moment, als sie die Treppenstufen zu dem Restaurant betreten wollten, drehte sich ein junger Mann mit einem grell orange Haarschopf zu ihnen hin und rief:
„Wollen Sie nicht mit uns zum Markplatz? Sie wissen doch sicher noch, was Krieg bedeutet."
Hildegard erkannte in ihm den Hippietypen, der in der S-Bahn mit zwei Mädchen an seiner Seite dieses Lied angestimmt hatte, das ihr irgendwie bekannt vorkam.
„Wieso reden die eigentlich alle vor Krieg?"
Hildgard wandte sich fragend an Alfred.
„Ja, wie? Hast du denn nicht die Tagesschau gesehen? Aber was soll's? Das ist weit weg. Davon lassen wir uns doch nicht die Laune verderben."
„Nein, wir haben tatsächlich gestern keine Tagesschau gesehen. Um was geht es denn?"
„Um den Iran."
„Sollten wir nicht doch einmal auf den Marktplatz? Vielleicht erfährt man da Genaueres."
„Aber jetzt wollten wir doch essen. Und für diese Art von Massenveranstaltungen habe ich sowieso nicht viel übrig."
„Aber vorige Woche hast du doch auch die Demonstranten gegen die Baumfällung unterstützt."
„Das ist doch ganz was anderes. Da weiß man doch genau, um was es geht. Hier bei uns in der Stadt."

„Aber du sagst doch, hier geht es um den Iran."
„Ja eben. Und wie will man da durchblicken?"

Hildegard spürte auf einmal, wie ihr ein seltsames Gefühl aus der Magengegend in den Hals stieg. Sie kannte das von früher. Viele Jahre hatte es sie gequält, manchmal in ihren Träumen. Hing sein späteres Verschwinden nicht mit ihrem Mann zusammen? Aber anders als sonst war sie auf einmal sicher, sie dürfte vor diesem Gefühl nicht mehr fliehen. Sie wusste plötzlich, dass sie den jungen Leuten zum Marktplatz folgen musste, um zu sehen, was sich dort abspielte.
„Warum setzt du dich nicht?"
Alfred zog den Stuhl mit dem grauen Plastikbezug vom Tisch weg und zeigte mit der anderen Hand auf ihn.
„Ich gehe da jetzt hin. Entschuldigung."
Hildegard wandte sich zur Treppe.
„Aber ich habe doch den Platz reserviert ..."
Alfred stand da, hob hilflos die Schultern.

***

Sie staunte, wie viele Menschen sich schon auf dem rötlichen Pflaster des Marktplatzes versammelt hatten. Neben vielen jungen Menschen mit Spruchbändern und Plakaten sah sie auch viele Leute in ihrem Alter. Das Mittelalter fehlte. Vor der unerschütterlichen Fassade der katholischen Kirche war eine Tribüne aufgebaut, auf der drei Leute am Mikrofon standen. Nun begann eine kleine Musikgruppe mit Gitarren und Schlagzeug ein Lied anzustimmen, das ihr wieder bekannt vorkam. Vor vielen Jahren....Manche Leute hatten sich untergehakt und wiegten sich im Rhythmus des Lieds. Als sie es beendet hatten, erhob sich ein Klatschen, dessen Begeisterung sich aber in Grenzen hielt, als würden die Leute auf etwas anderes warten. Die Sprecher traten nun zur Seite, so dass ein großer Bildschirm sichtbar wurde.

„Public Viewing. Das müssen die heute haben."
Plötzlich sah sie Alfred in seinem dunklen Anzug neben sich stehen. Als sie ihn ansprechen wollte, wurde ihre Aufmerksamkeit von einem Geräusch gefesselt, das sie wieder an etwas erinnerte, was in ihrer Kindheit und Jugend so eine große Rolle gespielt hatte. Von dem sie wusste, dass es erst an Bedeutung verlor, als sie ihren Mann geheiratet hatte. Mit 10 und mit 18 und auch noch mit 24 hörte sie dieses Geräusch manchmal, wenn ein Brand ausgebrochen war oder nur zu Übungszwecken, die die Feuerwehr veranstaltete. Und immer stieg ihr dabei dieses seltsame, bedrohliche Gefühl von der Magengrube nach oben in den Hals, bis es mit Tränen in ihren Augen endete.

Das Geräusch war der Klang von Sirenen, die nun aus dem riesigen Flachbildschirm erklangen, begleitet von Explosionen und rennenden oder umherhuschenden Leuten, im Hintergrund kleinere oder größere Rauchwolken.

„Siehst du, um das zu verhindern, bin ich damals freiwillig zur Bundeswehr gegangen."

Alfred versuchte, seinen Arm bei ihr einzuhaken, was sie mit einer kurzen unwillkürlichen Bewegung abwehrte.

Wie gebannt sah sie Menschen auf dem Bildschirm hastig und verzweifelt hin und her laufen. Einige schrien. Ein Kind wurde von einem Mann auf den Armen vorbeigetragen. Im Hintergrund zerfetzte Fassaden. Sie sah sich selber plötzlich in dem Halbdunkel eines Luftschutzkellers, in angstvollem Warten, und wieder dieses entsetzliche Geräusch, die Sirenen, die ihr unbarmherzig in die Seele schnitten, egal ob sie Alarm oder Entwarnung bedeuteten. Das Schlimmste: die Angst in den Augen ihrer Mutter, die sie auf dem Arm hielt oder in der Zinkbadewanne mit Kohlen auf eine Decke bettete. Der Geruch nach dem gemischten Schweiß der anderen, der Geruch nach feuchtem Keller, keimenden Kartoffeln, Kohlenstaub und Schimmel unter dem Cellophan der Einweckgläser. Mit weit aufgerissenen Augen sah sie, wie auf dem Bildschirm ein Kind und dann eine schwarz gekleidete Frau davongetragen wurden. Ein dunkelhaariger junger Mann mit blutbeflecktem Hemd wankte vorüber. Eine Gruppe von Menschen arbeitete an einem wüsten Haufen von Betonteilen, aus denen Moniereisen heraustaksten. Die Bilder schwankten unruhig hin und her, als seien sie nicht mit einer Kamera, sondern lediglich mit einem Handy aufgenommen worden. Als die schrille Sirene einer Ambulanz sich in den Vordergrund drängte, musste Hildegard sich ihre Tränen aus den Augen wischen und ein Schluchzen gewaltsam hinunterschlucken.

In diesem Moment legte sich ein vertrauter Arm um ihre Schultern. Sie schaute zur Seite, weil sie sich über Alfred wundern wollte. Da sah sie die hellen Augen von Wilhelm, lebendiger als in der letzten Zeit. Er schaute ihr gerade ins Gesicht, wie er es lange nicht mehr getan hatte. Ihre Hände fanden sich, was sie fast erschauern ließ. Als ständen sie in der Nacht vor ihrer Haustür, als sie nicht voneinander lassen konnten, bis die erste Amsel ihre bittersüße Melodie zu flöten begann. Damals hatte sie zum ersten Mal in ihrem Leben die Möglichkeit gefunden, alles zu erzählen, was ihr so schwer auf der Seele lag. Und dann war das noch größere Wunder geschehen, dass sie aus seinem Mund ein Echo ihrer Erzählung vernahm, der gleiche Ton, obwohl die Geschichte eine ganz andere war, oder vielleicht doch nicht so anders.

„Haben Sie schon unterschrieben?"
Wieder sah sie den jungen Mann mit den orange Rastalocken vor sich. Er hielt Hildegard ein Tablett mit einer Unterschriftenliste vor die Nase. Oben stand in großen Buchstaben:
„Keine Auslandseinsätze der Bundeswehr mehr!"
Spontan nahm Hildegard den Stift, der ihr hingehalten wurde, und begann ihren Namen und ihre Adresse einzutragen. Als sie einen Seitenblick auf Wilhelm warf, sah sie einen Schatten im dunklen Anzug verschwinden. Alfred!
„Du unterschreibst das so einfach? Das haben wir doch noch nie gemacht."
So überzeugt und bestimmend wie früher klang Wilhelms Stimme nicht.
Sie schaute hoch zu seinen Augen.

„Du warst einmal meine Zuflucht", kam es ihr in den Sinn. Was sie sagte, war etwas anderes: „Hast du nicht die schrecklichen Bilder gesehen?"
„Doch!" erwiderte er und nahm das Tablett in seine schwieligen Hände.
„Aber ob es was nützt?"
„Wir müssen es versuchen", entgegnete der junge Mann mit den orange Rastalocken. „Wenn wir schon nicht die Möglichkeit zu bundesweiten Volksentscheiden haben."

***

Am Abend saßen sie gemeinsam vor der Tagesschau. Sie waren in Gedanken versunken. Doch plötzlich horchten sie auf:
„In vielen Städten des Landes forderten Demonstranten die Einstellung der Auslandseinsätze der Bundeswehr. Morgen wird in einer Sondersitzung des Bundestags über den geplanten Auslandseinsatz an der türkischen Grenze zum Iran entschieden" hörten sie die emotionslose Stimme des Nachrichtensprechers.

Hildegard überlegte, ob sie Wilhelm nicht auffordern sollte, sie bei ihrem nächsten Florabesuch zu begleiten. Oder würde er sie auslachen? Oder für verrückt erklären?

***

Am nächsten Tag standen sie vor den bizarren Ästen des Frangipanibaums, die einerseits knorrig,

Heute schien Wilhelm noch wortkarger als sonst zu sein. Beunruhigt war Hildegard deshalb nicht. Aber seine Augenbrauen lagen düster in seinem Gesicht, obwohl sie nach der beunruhigenden Tagesschau eine Komödie im Fernsehen anschauten.
„Fühlst du dich nicht wohl?"
„Wieso?"
Das hätte sie bis vor kurzem nicht gewagt zu sagen:
„Du schaust so düster."
Er blickte kurz zu ihr hinüber.
„Dazu habe ich auch allen Grund."
Sie erschrak, ohne zu wissen, warum.
Zehn Minuten später:
„Du warst bei diesen Chaoten."
Nun wusste sie, was er meinte. Trotzdem fragte sie:
„Welche Chaoten?"
„Du weißt genau, was ich meine. Diese Schreihälse und Terroristen."
„Das sind keine Terroristen. Die wehren sich nur gegen die Fällung der Bäume auf dem Marktplatz."
„Das wird schon seine Richtigkeit haben."
„Ich habe da anderes gehört."
Nun drehte er sich zu ihr um und schaute ihr in die Augen. Wie ein strenger Vater, der traurig ist über einen Regelverstoß seiner Kinder:
„Von wem hast du was gehört?" Und – nach einer Weile:
„Du hast dich mit diesem Alfred getroffen. Was ist los mit dir?"
Ein Teil ihres Selbsts begriff nicht, was sie ihm nun antwortete. Doch wusste sie zugleich, dass dieser Teil nicht ihr Ganzes war und eigentlich nie gewesen war:

andererseits weich und saftig ausschauten. Durch die Fenster des Gewächshauses strömten breite Lichtbahnen und streichelten das Porzellan der zahlreichen Blüten.
Hildegard nahm die Hand ihres Mannes und führte sie zu den rosagelben Sternen.
„Lass mal deine Fingerspitzen über die Blüten gleiten."
Ein verschmitztes Lächeln tauchte aus seiner Brummigkeit auf.
„Fühlt sich an wie damals deine Backen."
Mit einem Gesicht, als habe sie einen Blumenstrauß von ihm geschenkt bekommen, erwiderte sie:
„Nun werde mal nur nicht unverschämt! Du musst dich nun entscheiden, ob du Backen oder Wangen meinst."
„Und wenn ich dir sage, dass der Duft auch etwas von dir hat?"
„Aber bitte genau die Körperregion überlegen!"
Nun entwickelte sich ein Ritus, bei dem sie abwechselnd tasteten und schnüffelten. Dann setzten sie sich auf die Bank neber der Pflanze.
„Wie hast du mich eigentlich gefunden?"
„Das weißt du doch."
„Ach, ich meine doch nicht damals."
„Jetzt doch wieder nicht damals. Also: Ich war sozusagen der Gehörnte."
„Hast du das wirklich gedacht?"
„Ja, ich stand vor der Apotheke unter dem Hirschgeweih."
„Ach so! Und dann?"
„Dann ging in meinem Kopf alles blitzschnell."
„Sag nur!"
„Nun werd bloß nicht frech!"

„Ich sah zwei Sachen gleichzeitig und machte mir meinen Reim darauf."
Sie schaute ihn fragend an.
„Ich sah euch gegenüber auf der Treppe zum Italiener und wie du plötzlich kehrt machtest und Richtung Markt gingst."
„Du bist ja ein richtiger kleiner Obama! Schnüffelst einfach hinter mir her."
„Aber es hat sich ja gelohnt. Und diente nur zu deinem Besten."
„Zu unserem Besten", korrigierte sie.
„Ja, weil ich ihn abgefangen und zur Rede gestellt habe."
Sie zog verwundert die Augenbrauen hoch.
„Das meinst du jetzt nicht ernst."

***

Wilhelm grinste. Dann erzählte er von dem Gespräch, das sie an Alfreds Tisch in dem Restaurant geführt hatten, Alfred auf seinem Stuhl, Wilhelm davor stehend, zuerst ziemlich erregt, dann zunehmend ruhiger werdend, ein Gesprächsverlauf, wie er ihn noch nie erlebt hatte.

„Was mich beruhigte? Vielleicht, dass ich merkte, dass er als Kind nichts vom Krieg erlebt hatte, anders als du und ich. Weil Alfred mit seinen betuchten Eltern nach Süddeutschland gezogen war. Wobei mir nicht klar wurde, warum sein Vater eigentlich nicht Soldat war. Und deshalb auch nicht wie meiner als Wrack aus der russischen Gefangenschaft zurückkam. Auch als er erzählte, dass er mich immer beneidet hatte wegen meiner

Freundschaft –so nannte er es! – mit dir, konnte ich nicht eifersüchtig sein."

„Das habt ihr alles in der kurzen Zeit beredet?"
„Ja, es war so, als hätten wir beide seit Jahren darauf gewartet. Wir hatten uns ja immer aus unseren parallelen Klassen heraus beäugt und bei Schulfesten gelegentlich miteinander gesprochen. Ich setzte mich danach auf eine dieser neuen Metallbänke in der Fußgängerzone und ließ mir alles noch einmal durch den Kopf gehen. Plötzlich wurde mir bewusst, dass du in Richtung Markt gegangen warst, und nun er auch. Was sollte das denn nun? Ich stand auf und ging hinterher. Den Rest kennst du ja.
„So viel wie gestern und heute hast du ja seit Jahren nicht gesprochen."
„Ja, ich weiß auch nicht …."

Während sie nun schwiegen, dachten sie beide nach über die Arbeit, die sie ihr Leben lang in Atem gehalten hatte, den schwierigen Hausbau, die Sorgen mit ihren vier Kindern. Zwei von ihnen waren nicht ganz gesund, und die beiden anderen waren auf eine berufliche und gesellschaftliche Bahn geraten, die ihnen nicht geheuer erschien. Sie dachten auch an die ewigen Geldsorgen, vor allem, als Wilhelm eine Zeitlang arbeitslos war.

***

„Komm, lass uns noch einen Schluck nehmen!"
„Einen Schluck?"
„Einen Schluck aus der Duftpulle."

„Werden wir jetzt drogensüchtig?"

„Ich glaube, das ist mehr wie bei der Klassischen Homöopathie. Wenn das richtige Mittel erst einmal gefunden ist, dann reichen für die Erhaltung der Gesundheit nur noch wenige oder eine einzige Einnahme der Pille."
„Oder einfach die richtige Richtung des Steuerruders."
„Genau."
„Warum wissen wir das erst jetzt?"
„Die schweren Seen der Vergangenheit hatten uns in die Irre geführt: die Sorgen, die Geldnöte, das Haus und die Kinder."

„Wollten wir nicht schon lange wieder auf unsere Lieblingsinsel fahren?"
„Ja, aber jetzt habe ich eine andere Idee. Sollen wir ganz schnell nach Hause fahren?"
„Ja, und ohne umzusteigen."

Vorschlag zur Heiligsprechung

Serafiniaks jüngste Enkelin hatte sich zu Weihnachten eine CD von Lady Gaga gewünscht. Er wollte zwar nicht verstehen, wie diese Popsängerin zum Idol einer Zwölfjährigen werden konnte, hatte aber, wie bei so vielen Entwicklungen und Wünschen seiner Enkel, schließlich klein beigegeben, um nicht zu sagen, resigniert. Die eindeutig sexistischen Posen, in der sich diese Sängerin präsentierte, stießen ihn ab. Er hielt sich nicht für prüde, doch ekelten ihn seit vielen Jahren zwei Dinge an: Das schamlose Feilbieten mit allen Mitteln zum Zwecke des Vermarktens und die noch schamlosere Erschließung der kindlichen Käuferwelt und damit ihrer Gehirne und Herzen. Doch wollte er auf jeden Fall seinen Enkelkindern etwas schenken, worüber sie sich freuen. Deshalb hatte er sich schließlich dazu durchgerungen, den Titel der CD auf einem Zettel zu notieren.

Als er in dem großen Elektroladen vor dem Regal stand, in dem auch die komplette Sammlung der Lady-Gaga-CDs gestapelt war, stellte er fest, dass er vergessen hatte, seinen Merkzettel einzustecken. Vielleicht trieb ihn seine Einstellung unbewusst dazu, eine Scheibe auszusuchen, deren Cover ihm weniger anstößig erschien. Als er zu Hause auf dem Zettel nachschaute, auf dem er sich die Weihnachtswünsche der Enkel notiert hatte, musste er feststellen, dass es die falsche war.

Nun betrat er erneut den saalartigen, von langen Neonlampen hell erleuchteten Raum des

Elektroladens, passierte den gelangweit herumstehenden Wachmann, begab sich in die Abteilung mit der Unendlichkeit der CDs und wandte sich dort an die Theke, mit der falschen und der nun zwangsläufig ausgesuchten richtigen CD in der Hand.

„Kann ich diese CD hier gegen diese umtauschen?"

„Dazu müssen Sie zum Service-Center am Ausgang."

Man gelangte ohne Kassensperre problemlos dorthin, wo man gleich neben dem Wachmann in die offene Abteilung einbog, die sich „Service-Center" nannte.

„Alles, was heute etwas auf sich hält, nennt sich Center oder Zentrum", dachte Serafiniak.

„Pädagogisches Zentrum statt Aula, Vergnügungszentrum statt Spielhölle, Service-Center statt - ja, was sagte man früher statt Service-Center? Reparatur- oder Umtausch-Abteilung? Oder gab es das einfach nicht?" grübelte er.

Nun stand er dort vor einer Theke, hinter der ein Mann in der blauen Uniform des Elektroladens auf einem Laptop herumtippte. Als er aufschaute, trug Serafiniak sein Anliegen vor. Er wunderte sich immer noch, dass ein Umtausch oder sogar eine Warenrückgabe heute meistens selbstverständlich war. So verzogen weder die Frau in der CD-Abteilung noch dieser Mann am Laptop auch nur eine Sekunde lang ihre Mienen. Der Mann am Laptop nahm lediglich die falsche CD in die Hand und tippte etwas in den Computer ein. Als er wieder

hochschaute, sagte er in sachlich-selbstverständlichem Ton:
„Name?"
Serafiniak war eigentlich nicht bereit, seinen Namen anzugeben, nur um eine Ware umtauschen zu können. Er wusste aber, dass es wenig Sinn hatte, gegen solche Vorgänge zu rebellieren. Einfache Einkäufe hatten ja heutzutage oft etwas von amtlichen Verwaltungsvorgängen.
„Serafiniak."
Der Mann tippte den Namen in seinen Laptop ein.
„Vorname?"
„Friedhelm" kam es widerwillig über Serafiniaks Lippen. Was mischte sich dieser Laden in seine Privatsphäre ein? Aber was sollte er machen?
„Adresse?"
Serafiniak schluckte. Sollte er sich das wirklich gefallen lassen?
Der Mann am Laptop tippte dieses Mal nicht. Er schaute ihn lediglich fragend an, bis Serafiniak widerwillig seine Adresse herausgewürgt hatte:
„Katharina-Fröhlingsdorf-Straße 134?"

„Ja, das stimmt", bestätigte der Mann. Er schien Serafiniak dafür zu loben, dass er seine Adresse richtig und fehlerfrei angegeben hatte.
Nach einer Schluckpause meinte Serafiniak:
„Sie hatten meine Adresse also schon im Computer?"
Der Mann hinter dem Laptop nickte und grinste zufrieden.
„Sie könnten ja direkt bei Obama anfangen", entfuhr es Serafiniak.

Überrascht blickte der Mann auf, ein erfreutes Lächeln breitete sich auf seinem Gesicht aus, als habe er einen Verbündeten erkannt, nicht als fühle er sich ertappt. Er machte eben seine Arbeit, sei sie wie sie sei.

„Ja," meinte er, „aber ich würde auch zum Snowden, wenn ich bei meiner Arbeit auf einen Missbrauch käme."

Serafiniak freute sich über den echten oder auch nur scheinbaren Einklang.

„Der müsste eigentlich von der Katholischen Kirche heilig gesprochen werden. Das wäre dann eine späte Wiedergutmachung an einem zu Unrecht verbrannten Giordano Bruno."

Auch das schien der Mann hinter dem Laptop zu verstehen.

„Ja, und ich finde es unmöglich, dass Snowden hier nicht einreisen und Asyl bekommen kann."

Nun schaukelten sie sich gegenseitig hoch:

„Ja, stattdessen läuft immer alles hinter verschlossenen Türen, wie jetzt zum Beispiel wieder die Verhandlungen zwischen der EU und den USA über den gemeinsamen Markt. Nur damit die ihre Genscheiße und ihre Waffen ungehindert einführen dürfen. Da kann man den Betrugsversuch schon förmlich riechen."

„Haben Sie schon einmal erlebt, dass wir nicht betrogen wurden?"

„Könnte man so sagen. Und jetzt in unserer Stadt auch wieder. Die Stadtväter wollen nun auf einmal wieder die Energiebetriebe in der eigenen Hand, was ja nicht schlecht ist. Nur laufen die Ratsverhandlungen im nichtöffentlichen Teil. Wieso?"

„Da kann man nur die Faust in der Tasche ballen."
„Oder wir sehen uns demnächst bei einer Demo auf dem Markplatz."
Der Mann hinter dem Laptop lachte:
„Wahrscheinlich!"
Dann: „Aber wissen Sie, das Problem ist, dass die Deutschen zu ängstlich sind."

Serafiniak hatte mittlerweile für die nicht gewünschte CD eine sorgfältig ausgedruckte Bescheinigung erhalten, auf der der Preis stand, den die Kassiererin von der teureren neuen CD abziehen sollte und wandte sich zum Gehen. Da meinte die Frau, die als nächste Kundin hinter ihm stand:
„Jetzt habe ich ja den vollen politischen Durchblick."
„Ach," meinte Serafiniak erfreut, „dann sehen wir uns auch demnächst auf dem Marktplatz."
„Wahrscheinlich. Aber eines muss ich Ihnen sagen: Die Deutschen sind nicht ängstlich, sie sind träge."

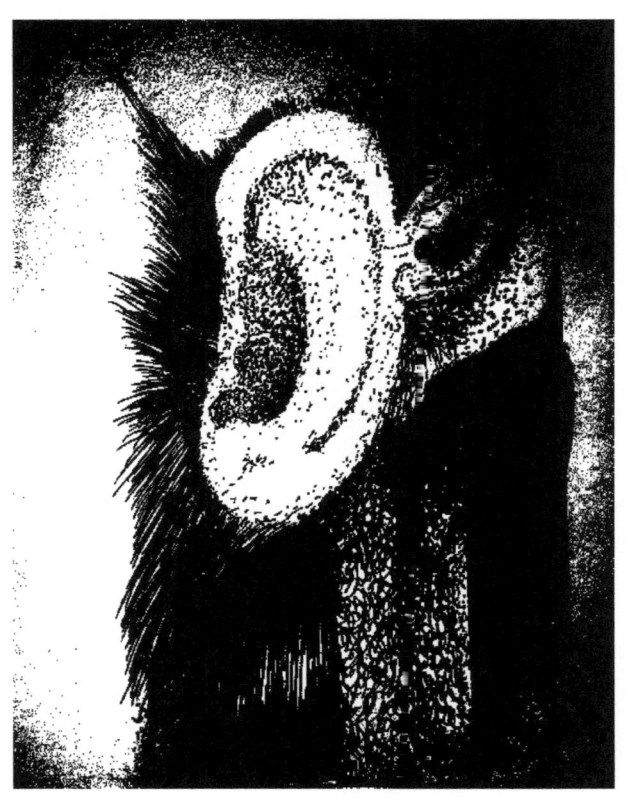

Ein Brunnen mehr oder weniger

Die beiden Kinder schauten fassungslos auf den grauen Fleck.

Genau hier hatte ihr Brunnen gestanden, sorgfältig aus rötlichen Ziegeln gemauert, eine Schnecke, die nach oben spitzer wurde, bis zu der Stelle, wo der silberne Strahl aus dem Loch hervorsprudelte. Der Strahl, der sich dann in die Kurve legte, um sich von Terrassenstufe zu Terrassenstufe in ein immer tieferes Bett zu graben, bis er in einem unteren Loch verschwand. Aber was lagen dazwischen für sie für Welten!

Als sie voriges Jahr mit Papi an dem flachen Strand in Griechenland waren, hatten sie sich ähnliche Gebilde im feuchten Sand gebaut. Und ihre Bauten, Vulkane, Burgen, Mauern, Häuser, wuchsen organisch aus der Umgebung wie hier der Brunnen aus dem gepflasterten Boden. Kein Sand hier, sondern die Pflastersteine als Schuppen eines riesigen endlosen Schuppentiers, auf dessen Rücken sich die Menschen in der Fußgängerzone bewegten.

Seit Jahren war das Pflaster an verschiedenen Stellen schadhaft, weil die Stadt es nicht mehr pflegte. Aber der gepflasterte Brunnen war intakt. Manchmal floss allerdings nur wenig oder gar kein Wasser daraus hervor. Man wusste nicht warum.

„Papi, was ist das? Wo ist unser Brunnen geblieben?"

Der große Mann mit dem kahl rasierten Schädel schaute auf die notdürftig asphaltierte Fläche, der man ansah, dass sich vor kurzem an dieser Stelle noch etwas anderes befunden hatte, und rieb sich sein massiges Kinn.

„Ja, weg!" Seine Stimme war mehr aggressiv als ironisch. Die Kinder schauten sich empört um.
„Das sehen wir auch. Aber wo? Und warum?"

***

Noah und Lisa begleiteten seit einiger Zeit ihren Vater gerne, wenn er in die Stadt zum Einkaufen fuhr. Den Spielplatz mit seiner kurzen Rutsche und den kleinen Schaukeln waren sie schon leid. Aber jetzt hatten sie vor ein paar Tagen den Brunnen entdeckt. Er war eigentlich nicht zum Spielen gedacht, eignete sich aber wunderbar für ihre Ideen und Phantasien. Papa holte sie immer nach dem Einkaufen im Supermarkt hier wieder ab. Er hatte ihnen aus Papier kleine Schiffe gefaltet, die sie in dem Brunnen schwimmen ließen.

„Schau mal, meins segelt jetzt ganz ruhig voran."
„Hm. - Haben wir überhaupt Segelboote?"
„Was denn sonst?"
„Es könnten ja auch Dampfschiffe sein."
„Aber man sieht doch überhaupt keinen Dampf. Und dann könnten sie auch leicht in Brand geraten. Für den Dampf braucht man doch Feuer."

„Wirklich? Na gut, dann sind es eben Segelboote."

Noah mit seinem blonden Wuschelschopf schob sein Papierschiffchen geduldig weiter, wenn es in einer Stufe des Brunnens hängenblieb, weil der Wasserstand zu niedrig war. Lisa aber schüttelte den Kopf, als sie feststellte, dass sich ihr Schiffchen langsam auflöste, weil sie es immer wieder berühren oder anschieben musste.
„Sollten wir nicht etwas anderes als Schiffchen benutzen? Was hältst du von Streichhölzern? Die würden auch bei geringem Wasserstand weiter schwimmen."
„Au ja", meinte Noah, das wären dann Wikingerschiffe."
„Oder Kanus von Indianern." Lisas Augen träumten schon von abenteuerlichen Fahrten auf dem Mississippi oder dem Colorado.
„Aber das war doch eine ganz andere Zeit."
„Ist doch egal. Übrigens: Ich habe vor kurzem gehört, dass die Wikinger Amerika entdeckt haben, lange vor Kolumbus."
„O.K. Aber wo kriegen wir Streichhölzer her?"

Sie schauten sich um, als ihr Blick auf das Haus mit der strahlenden goldenen Sonne gegenüber fiel. Dort standen Tische und Stühle vor einem Cafe auf der Straße.
„Schau mal, der mit der Pfeife!"
Die Kinder sahen einen älteren Mann mit Bart an einem der Tische sitzen, eine Tasse Kaffee vor sich auf dem Tisch und in einem dicken Buch lesend.
„Entschuldigung, haben Sie nicht ein paar Streichhölzer für uns?"

Der Mann schaute auf, als wenn er aus einer weit entfernten Welt käme und sah sie erstaunt durch seine kleine Brille an.
„Was? Wozu wollt ihr denn Streichhölzer? Ihr raucht doch nicht etwa schon?"
„Nein, was denken Sie? Wir brauchen sie als Schiffchen für den Brunnen da." Sie wiesen auf ihren Spielplatz in ihrem Rücken.

„Ach so, das kann ich verstehen. Mal sehen, was ich habe."
Er kramte einen violetten Lederbeutel aus der Tasche seiner Jacke, die über der Stuhllehne hing. Nachdem er den Reißverschluss aufgezogen hatte, zog er eine Streichholzschachtel hervor, die mit einer emaillierten Platte verziert war. Die Kinder sahen, dass auf der glänzenden roten Fläche ein blauer Vogel dargestellt war. Er öffnete sie und gab Lisa einen Gegenstand von einer eigenartigen Form, kaum dicker als ein Streichholz.
„Aber, aber ... das ist doch ein Indianerkanu", stammelte das Kind verwirrt.
„Genau", erwiderte der Mann und schmunzelte. Dann nahm er einen zweiten Gegenstand aus der Schachtel und gab ihn Noah. Der schaute den Mann an, als wenn er ein Außerirdischer wäre.
„Ein Wikingerschiff", entfuhr es ihm.
„Gefallen sie euch nicht?"
„Doch, doch", riefen beide gleichzeitig.

Dann eilten sie flugs zu ihrem Brunnen. Die beiden Boote schwammen perfekt. Als sie sich in der Mitte des Brunnens befanden, wo sie in einer Mulde etwas länger verweilten, begegneten die bärtigen

Wikinger Noahs Indianern mit riesigen Federbüschen auf dem Kopf und auf dem Rücken, die aus Lisas Kanu stiegen. Sie umarmten sich, setzten sich an ein Feuer, von dem blauer Rauch aufstieg und rauchten die Friedenspfeife miteinander. Noah schielte zu dem Mann, der wieder in sein Buch vertieft dasaß, während ein blaues Wölkchen aus seiner Pfeife zu den goldenen Strahlen der Sonne auf der Hauswand und dem blauen Himmel aufstieg, so dass man sein Gesicht nur verschwommen sah.
„Ist das ein Zauberer?" kam es trocken aus Noahs Kehle.
„M, m. Die haben doch spitze Hüte wie Merlin."
„Stimmt."

***

Und das war jetzt alles vorbei! Papa erzählte den Kindern von einem Brief, den er vor kurzem an die Stadt geschrieben hatte. Die Kinder wussten auch, dass die Fußgängerzone neu gestaltet werden sollte. Man hatte schon angefangen, ein neues Pflaster zu verlegen, nicht so schön wie das alte, aber angeblich sauberer und für Frauen mit spitzen Stöckelabsätzen weniger gefährlich. Papa hatte schon befürchtet, dass sie den Brunnen abreißen würden. Deshalb fragte er die Stadtverwaltung in seinem Brief, was damit geschehen würde. Vielleicht würde er ja doch stehen bleiben. Deshalb hatte er den Kindern noch nichts von seiner Sorge gesagt. Er bekam nie eine Antwort auf seine Frage. Er wusste aber, dass der andere Brunnen, der neu geplante vor dem Bahnhof, auch nicht gebaut worden war. Weil die Stadt angeblich kein Geld hatte.

„Was machen wir denn jetzt?" Die Kinder hatten Tränen in den Augen.
„Müssen wir mal sehen", sagte der Vater, hängte sich die beiden Einkaufsbeutel über die Schultern und fasste an jeder Seite eins seiner Kinder an der Hand.

Alles ganz harmlos

Das Kanonenrohr war genau auf die bleigefassten Fenster des Ratssaals gerichtet. Die kleinen Jungen kletterten mit blanken Äuglein und Mut im Gesicht auf den tarnfarbenen massiven Blechen herum, bis zum Gefechtsturm, wo sie von den leutseligen Gesichtern ihrer kaum erwachsenen Vorbilder empfangen wurden, die genau wie sie die martialische technische Faszination der Panzer anbeteten.

Friedhelm drehte sich der Magen um, weil er an die mahlenden Kettengeräusche in der sonst absoluten Stille dachte, als die russischen Panzer einrückten in das Dorf, in dem er mit seiner kriegsversehrten Familie evakuiert war, und ihm kam auch wieder das unausstehliche Geheul der Sirenen in Erinnerung, die ihn nachts mit seiner Mutter in den Luftschutzkeller trieben. Und eine vage, eher verdrängte Erinnerung an seinen Vater, wie er nach 5 Jahren Krieg und 2 Jahren russischer Gefangenschaft, an Leib und Seele ein Wrack, zum ersten Mal befremdet seinen siebenjährigen Sohn begrüßte.

Dass es nach der Grundgesetzänderung vor vielen Jahren nun wieder Militär gab, damit hatte er sich mehr oder weniger abgefunden, dass aber dafür aktiv Werbung auf dem Marktplatz seiner Heimatstadt betrieben wurde, dafür hatte er kein Verständnis. Welche Mühe hatte er sich als Lehrer immer gegeben, eine engagierte Friedenserziehung an seine Schüler heranzubringen, und wie freute er sich über jeden Schüler, der sich später für den Zivildienst statt für den Militärdienst entschied!

Einmal hatte er, vor etlichen Jahren schon, als Sandwich-Mann mit der Aufschrift „Lehrer gegen Panzerwerbung" auf der Ausstellung „Unser Heer" in der Nachbarstadt demonstriert. Er war fotografiert worden, und sein Foto hing jahrelang in dem alternativen Cafe an der Wand. Das Cafe befand sich in einem der wenigen Häuser mit intakter farbiger Jugendstilfassade in der Fußgängerzone. Es musste vor ein paar Jahren dem Bau der neuen Mall weichen. Einen Ersatz dafür gab es nicht. So war auch sein Foto, auf dem ihn viele Bekannte erkannt hatten, verschwunden.

Ein paar Tage nach dem Schock wegen des Panzerkanonenrohrs auf dem Marktplatz stockte ihm wieder der Atem, als er die Fußgängerzone vor dem länglichen Quader der Mall durchschritt, die seit ein paar Jahren das Zentrum der Stadt dominierte.

Mehrere halbwüchsige Jungen nahmen mit Begeisterung ein schwarzes Schnellfeuergewehr in die Hand, zielten kurz auf ihren Nachbarn oder auf einen vorübergehenden Passanten und legten die Waffe wieder ehrfürchtig auf den Tisch, neben ebenso schwarze Pistolen und silbern glänzende Handschellen. Mitten auf der gemütlichen Pflasterung aus rötlichen Porphyrziegeln stand breit und arrogant ein amerikanisches Polizeiauto, offensichtlich der ganze Stolz der jungen Männer in den schwarzen Uniformen, die hinter dem waffenstarrenden Tisch standen und ihre Begeisterung vor den Jungen hinter einer Maske von Geläufigkeit und Know How zu verbergen suchten.

„Schämen Sie sich nicht, Kinder für den Gebrauch von Waffen zu begeistern? Und dann die schwarze Farbe! Das erinnert doch total an das Schwarz der SS!"
Friedhelms Aufregung stieß bei den schwarzgekleideten Männern hinter dem Ausstellungstisch zuerst auf Unverständnis, dann zunehmend auf verärgert aggressive Reaktionen.
„Das hat mit SS nichts zu tun. Das sind die Uniformen und die Waffen der LAPT."
„Was ist LAPT?"
„Kennen Sie nicht LAPT? Los Angeles Police Action Team."
„Muss ich das kennen?"
„Das ist doch die berühmte amerikanische Spezialpolizei. Wir sind stolz darauf, ein Original-Einsatzfahrzeug von ihnen zu haben. Das können Sie hier neben uns sehen."
Er wies mit der Hand auf den breiten amerikanischen Schlitten mit dem riesigen Leuchtband auf dem Dach.

Die Jungen, die die schwarzen Waffen wieder auf den Tisch gelegt hatten, standen mit einem schiefen, unsicheren Lächeln neben ihnen, als Friedhelm den Uniformierten erklärte, sie würden ein falsches Bild von der Polizei in der Öffentlichkeit verbreiten.
„Das ist unserer Polizei mit Sicherheit nicht recht."

„Diese Veranstaltung ist im Rahmen der Aktionswoche des Elektrohauses genehmigt worden. Da können Sie den Geschäftsführer fragen."
„Das werde ich auch", meinte Friedhelm wutschnaubend und fuhr mit der Rolltreppe in das Untergeschoss der Mall, wo er sich an die große Verkäuferin mit dem sächsischen Akzent wandte, die immer gut gelaunt aus ihrem blauen Kittel herausstrahlte, sich nur etwas wunderte, dass sie dieses Mal von Friedhelm nicht nach einem Fotobuch gefragt wurde, sondern den Geschäftsführer holen sollte.
„Ich schau mal, ob ich ihn finde."

Unwillig stand der massige Riese vor ihm.
„Was kann ich für Sie tun?"
In dem Tonfall, der Friedhelm signalisierte, dass die Zeiten lange vorbei waren, in denen der Kunde noch König war. Und dass stattdessen Dankbarkeit erwartet wurde, wenn man in den noblen oder ausladenden Räumen eines Geschäfts oder Kaufhauses Kunde sein durfte.
„Das ist alles legal und von der Stadtverwaltung genehmigt, was wir hier machen', war seine Entgegnung, nachdem Friedhelm ihm seine Bedenken mit kaum gezügelter Erregung vorgetragen hatte.
„Nicht alles, was legal ist, ist auch moralisch richtig."
„Ich bin Geschäftsmann und veranstalte das Ganze, um Werbung für unsere Action-Spiele zu machen."
„Eben. Sie sollten aber einmal an die Wirkung denken, die diese Dinge auf Jugendliche und Kinder ausübt."

„Aggressionen sind die natürlichste Sache von der Welt. Und irgendwo brauchen Kinder und Jugendliche ein Ventil, wo sie diese ablassen können. Und jetzt entschuldigen Sie mich bitte. Ich habe noch zu tun."

Zu Hause erfuhr Friedhelm im Internet, dass diese amerikanische Polizeitruppe tatsächlich auch in den USA umstritten war, weil sie Waffen und Gewalt so sehr in den Vordergrund ihrer Arbeit stellte. Wie konnte also unsere Polizei so eine Veranstaltung genehmigen?

Er stellte fest, dass man mittlerweile sogar online eine Anzeige bei der Polizei aufgeben konnte, schrieb aber in das Formular in höflichen Worten, zu denen er sich zwang, hinein, dass er nicht genau wisse, ob es sich um eine Anzeige handeln könne. Immerhin gebe es in unserem Strafgesetzbuch den Paragrafen 131, der die Verherrlichung und sogar schon die Verharmlosung von Gewalt unter Strafe stelle. Und die Polizei könne doch kaum an einer Veranstaltung interessiert sein, die ein einseitig martialisches Bild von Polizeiarbeit darstelle.

Er wartete eine Woche. Er wartete einen Monat. Und erhielt keine Antwort. War das wieder eine Sache, bei der man resigniert seine Hände nach einiger Zeit in den Schoß legen musste?

Dann wurde die Bevölkerung durch die Nachrichten über den Amokläufer an der Erfurter Schule aufgeschreckt. Alle Welt regte sich auf, forderte schärfere Waffengesetze. Politiker überschlugen sich in Vorschlägen, wie man solche Taten verhindern könnte.

Eine Woche später erhielt Friedhelm einen ausführlichen Antwortbrief auf seine Anzeige von der örtlichen Polizei. Sie erklärte ihm freundlich ihre Sympathie mit seinem Brief. Dann wies sie auf mehrere Paragrafen hin, nach denen die Veranstaltung von der Stadtverwaltung und auch von der Polizei ganz legal genehmigt worden war. Das alles rechtfertige also keine förmliche Anzeige. Allerdings, hieß es zum Schluss, würde sie in Zukunft bei ähnlichen Veranstaltungen etwas genauer hinschauen.

17 Todesopfer hatte der Amoklauf in Erfurt gefordert. 17 Todesopfer mit Hilfe einer Pumpgun aus dem väterlichen Waffenschrank.

Die Freundin des Punkers

Mit dieser Reaktion hatte der Fotograf nicht gerechnet. Wohl mit Ablehnung, Misstrauen, dreister Anmache, Gleichgültigkeit.

Sie saß an seinem Platz, wo er ihn schon an mehreren Tagen vergeblich gesucht hatte. Er wollte ihm das Foto mit dem Text zeigen. Das Foto kannte er ja schon, aber nicht den Text. Und er hatte auch nichts gegen die Veröffentlichung in der Online-Zeitung. „Wenn der Text keine Verarschung ist", hatte er hinzugefügt. Und das war es ja nicht.

„Sie sind sicher seine Freundin, oder?" fragte der Fotograf sie und war erstaunt, dass ihre Gesichtszüge von Nahem so fein und fast zerbrechlich wirkten. Von Weitem hatten die Piercings an ihren Brauen und an der Lippe so martialisch ausgeschaut, dass man von den Einzelheiten ihres zarten Gesichts gar nichts wahrnahm. Von den Augen ganz zu schweigen.

Als er ihr das Bild mit dem Text reichte, nahmen ihre Finger es in Empfang. Sie sahen dünn und kindlich aus, wie die eines achtjährigen Mädchens.

Er wollte ihr 50 Cent geben, damit es nicht so aussah, als wolle er sie oder ihren Freund als Objekt seiner Tätigkeit ausnutzen, obwohl er eigentlich dagegen war, sie mit Geld zu unterstützen. Von einem anderen Bettler wusste er, dass der alles erbettelte Geld in Drogen umsetzte.

Mit einem leichten Schwung warf er die Münze in den silberblinkenden Napf, der vor ihr stand. „Oh, Entschuldigung! Das hatte ich nicht gesehen", rief er aus, als er merkte, dass der Napf nicht zum Geldsammeln da stand, sondern dass es der Trinknapf für die Hunde war. Nur an dem leichten Platschen erkannte er, dass er mit Wasser gefüllt war. Das hätte er wissen können, da der Teller blitzsauber war, und da sonst keine einzige Münze darin lag.

Dem ersten Impuls, das Geldstück aus dem Wasser herauszufischen, widerstand er und wartete, bis sie es mit ihren dünnen Fingern geangelt hatte, nachdem sie ihn mit einem leisen und verständnisvollen „Macht doch nichts" beruhigt hatte. Während der ganzen Zeit hatte sie gleichzeitig das Foto weiter angeschaut. Nun aber gab sie ein kaum wahrnehmbares „Schön ist das" von sich. Ihre Stimme war noch leiser geworden, und es lag ein merkwürdiger Klang in ihr. Sie schaute nicht hoch. Als wolle sie ihn nicht anschauen. Oder als sei sie mit anderen Gedanken beschäftigt.

„Sie können es mitnehmen und Ihrem Freund geben. Meinen Sie, der Text ist in Ordnung? Kann ich es so veröffentlichen? Es wird unter der Überschrift erscheinen: ‚Auch er gehört zur Fußgängerzone'."

Sie nickte kaum wahrnehmbar und murmelte noch einmal: "Es ist schön." Hatte sie den Text überhaupt gelesen? Vielleicht hatte sie nur auf das Foto geschaut, wo die beiden Hunde zu sehen waren, der schwarze und der braune, die nun neben ihr auf dem rötlichen Naturpflaster lagen. Und ihr Freund, mit untergeschlagenen Beinen, seinem grauen Sweatshirt und seinen Rastalocken.

„Also, ich lasse es dann so veröffentlichen. Einverstanden?" Sie nickte. Aber er war unsicher, wie sie genau über Bild und Text dachte, weil sie die ganze Zeit über den Kopf gesenkt hielt.

Als er sich zum Gehen wandte und dabei noch einmal einen Blick auf ihr Gesicht warf, sah er eine durchsichtige Perle ihre Wange hinunterlaufen. Wie zum Schutz hielt sie sich eine Hand vors Gesicht, mit dem gestrickten Handschuh, der die Fingerspitzen frei ließ.

Er nickt nicht immer

Bei sich nannte der alte Fotograf ihn immer den Sarotti-Mohr. Wie sie früher zur Freude der kleinen Kinder nickend in den Schaufenstern von Lebensmittelgeschäften gestanden hatten, als Reklame für Schokolade. Ein bunt gekleideter, mit Pumphosen und Turban geschmückter, naiv lächelnder Schwarzer, ein Schokoladen-Gesichtiger eben. Zu einer Zeit, als man noch als Menschenfreund und in der Weihnachtszeit die armen Heidenkinder des Missionars in Afrika unterstützte.

Dieser hier trug einfach Jeans und Turnschuhe. Trotzdem: War es nicht der Sarotti-Mohr? Nicht nur die Freundlichkeit, die in seinem Gesicht geschrieben stand, sondern auch die entgegenkommende Haltung, die er bei seinem Spiel den Passanten zu zeigen schien, als wolle er sagen: „Wenn ihr es auch nicht glaubt: Ich liebe euch alle."

Da sein Gitarrenspiel aber lange nicht so gut war wie die Musik der Balalaika spielenden Russen oder des Ukrainer Geigers, die sich in der Fußgängerzone ihr Geld verdienten, ging der Fotograf mit ein paar Schritten Abstand an ihm vorbei, um ihm nichts geben zu müssen.

Nur aus dem Augenwinkel nach hinten schauend, sah er, wie ein junger dunkelhaariger Vater- vielleicht ein Türke- seine Tochter vor dem

Schwarzen stehen und zu seiner Musik tanzen ließ.
Der Fotograf drehte sich um. Er sah, wie der Musiker das Mädchen mit seiner ganzen Herzlichkeit anschaute. Er schien sich nun noch mehr Mühe mit seinem Spiel zu geben.

Der Fotograf näherte sich der Gruppe und überlegte. Das müsste einen wunderschönen Schnappschuss geben, wenn er es schaffte, die niedliche Kleine zusammen mit dem lieben Gesicht und der Gitarre des Sarotti-Mohrs auf ein Bild zu bannen.

Das Mädchen war erst eineinhalb Jahre alt, wie der Fotograf von dem Vater des Kindes erfuhr, als er ihn fragte, ob er etwas gegen ein Foto einzuwenden habe.
„Wenn der Musiker das will", antwortete der.
„Ich werde ihn fragen."
Das tat der Fotograf dann auch.

Als wenn die Jalousien plötzlich herabgelassen würden, kam sofort die Antwort des Schwarzen:
„Nix Foto!"
Und noch einmal, noch heftiger:
„Nix Foto."
Die Freundlichkeit und die Lebensfreude in seinem Gesicht waren wie weggeblasen. Stattdessen malten sich Ernst oder Ängstlichkeit in seinen Zügen.
Panik nahezu.
„Kann man nichts machen", meinte der Fotograf und ging nachdenklich weiter.

Am Abend sah er im Fernsehen eine Reportage über Kindersklaven im Kakaogeschäft. Er schob sich dabei ein paar Riegel seiner Lieblingsschokolade in den Mund: Sarotti Nr. 1

Die Hauptsache

Wenn es warm genug war, saßen viele Leute vor dem Eissalon in der Fußgängerzone und hatten riesige Nuss- oder Amarenabecher vor sich stehen. Im Windschatten der Erwachsenen löffelten die Kinder traumverloren Spagetti-Eis in sich hinein. Dem Fotografen war dabei nie klar, ob sie mehr an Süßes und Kaltes dachten oder an warmes Schlüpfriges und Herzhaftes. Bedient wurden sie meistens von dem riesigen Italiener mit den großen Augen und der unitalienischen Glatze.

In diesem Jahr dauerte es auf Grund des anhaltend kühlen und regnerischen Wetters ungewöhnlich lange, bis es soweit war. Deshalb hatte der Fotograf drinnen Platz genommen und sein kleines Eis mit Sahne bestellt.

„Schokolade, Kokosnuss und Yoghurt", hatte er dem Kellner in seinen elektronischen Block diktiert. Einerseits war er froh, dass er die Bestellung endlich loswerden konnte. Schließlich war ihm schon lange das Wasser im Munde zusammengelaufen, als er an das Eis dachte, das er so gerne mochte. Auf der anderen Seite hatte er so viel Zeit, seitdem er nicht mehr berufstätig war. Was machte es also, dass dieser merkwürdige neue Kellner mit seinem modisch zerrupften Haarschnitt und seinem überheblichen Gesichtsausdruck ihn so lange warten ließ, obwohl gar nicht so viele Gäste in dem Raum mit den roten Plastikbänken und den marmorierten Tischchen saßen? Er fand es auch nicht schlimm, dass seine Aufmerksamkeit ständig von dem riesigen Flachbildschirm gegenüber angesaugt wurde. Eigentlich hasste er Fernseher in öffentlichen Räumen, weil sie nach seiner Meinung einen ungebührlichen Terror auf die Gäste ausübten. Was interessierte ihn in diesem Moment schon der Kampf für die Erhaltung der Bucht von San Francisco oder eine weitere Reportage über den Bürgerkrieg in Syrien, bei dem die Richtigkeit der Informationen immer noch nicht garantiert war, weil das Regime keine unabhängigen Beobachter ins Land ließ? Das hatte er alles schon tausend Mal in den letzten Wochen zu Hause im Radio gehört oder in seinem Fernseher gesehen.

So konnte er auch in Ruhe den Kellner beobachten, wie der sich Zeit ließ, bevor er sich endlich dazu bequemte, zu ihm zu kommen. Zuerst nahm er noch eine Bestellung von einem Mann auf, der sich erst nach dem Fotografen mit seiner kleinen Tochter am Nebentisch niedergelassen hatte. Dann wischte er ein paar Tische ab in einem Winkel des Lokals, in dem niemand saß. Dann unternahm er einen kurzen Ausflug nach draußen, wo sich ebenfalls niemand befand, und auf seinem Rückweg wischte er mit Sorgfalt ein paar unsichtbare Flecken auf der Glastür im Eingang.

Sein Grinsen hatte eine gewisse Leutseligkeit, als er endlich die Bestellung des Fotografen in seinen Apparat eintippte. Danach begab er sich mit seinem tänzerischen Gang zu einem Kollegen in der Nähe der Tür, um mit ihm ein paar Worte zu wechseln.
„Das Tänzerische seines Gangs ist aber eine seltsame Ehe mit einem gewissen Stolz

eingegangen", schoss es dem Fotografen durch den Kopf.

Nun schwoll dem Fotografen allmählich doch der Kamm. Wieso gab dieser Idiot denn die Bestellung nicht endlich weiter? War der Kerl vielleicht schwul und hatte in ihm den unverbesserlichen Hetero gerochen, den er verachten und bestrafen musste? Der Fotograf hatte die Legenden immer abgelehnt, die sich um die angeblich charakteristischen Stimmen und den angeblich deutlich erkennbaren Gang von Schwulen rankten. Er wunderte sich über sich selber, als er feststellte, dass er in seiner Verärgerung nun doch anfing, an solche Geschichten zu glauben.

Er traute seinen Augen nicht, als der Wildbeschopfte nun an die Theke trat und offensichtlich den Glasbecher mit seinem Eis entgegennahm und es ihm –wieder mit einem gnädigen Grinsen- auf sein Tischchen stellte. Er hatte doch genau gesehen, dass da keine Bestellung aufgegeben worden war. War vielleicht wieder einmal eine technische Neuerung an ihm vorbeigegangen? Wurde die Bestellung etwa durch Funk aus dem elektronischen Bestellbuch an die Theke weitergegeben? So musste es wohl sein. Dann hatte er ihn vielleicht zu Unrecht der Nachlässigkeit und einer Animosität ihm gegenüber verdächtigt. Trotzdem verließ ihn der angesammelte Groll gegen diesen Typen nicht ganz.

Auf seiner Rechnung stand 3,50 €. Als er den Kellner zum Bezahlen rief, legte er ihm 10 € hin und rundete den Betrag auf 4 € auf. Der Wildbeschopfte gab ihm einen Euro zurück und bedankte sich grinsend. Für den Fotografen stellte das Grinsen eine Mischung dar von Freundlichkeit und Hinterhältigkeit.

„Ich habe Ihnen 10 € gegeben", meinte er und gab sich Mühe, dabei keine Emotion zu zeigen.

Der Kellner zeigte auch fast keine Emotion. Kein Erstaunen, kein Abstreiten. Fast wortlos zog er weitere 5 € aus seiner Brieftasche und murmelte ein kaum hörbare Entschuldigung.

„War mein Gefühl diesem Menschen gegenüber doch richtig gewesen?" dachte der Fotograf.

„Das muss ich bei einem späteren Besuch noch einmal testen. Außerdem ist das Eis _a hier wirklich immer gut."

Ein paar Tage später saß er wieder in der Nische mit der roten Plastikbank. Dieses Mal grüßte ihn der Kellner, als sei er ein alter Bekannter. Das Aufnehmen der Bestellung ging heute schneller vonstatten. So brauchte er sich nicht lange die Unschuldszöpfe der ukrainischen Timoschenko auf dem Flachbildschirm anzuschauen und auch nicht ein weiteres Treffen europäischer Minister wegen der Eurokrise.

Er hatte wieder die Eissorten Schokolade, Yoghurt und Kokosnuss bestellt. Der Kellner wiederholte die deutschen Namen der Sorten, als er sie in seinen elektronischen Bestellblock eingab. Aus seinem Munde klangen sie aber, als sei Deutsch für ihn eine völlig exotische Sprache. Es dauerte auch nicht lange, bis der Becher wieder auf dem

Marmortischchen stand. Der Fotograf schob sich mit Genuss das erste Löffelchen Sahne mit einer Portion Schokoladeneis in den Mund, dann ein weiteres Löffelchen Sahne mit Yoghurteis. Er wunderte sich, dass das Kokosnusseis darunter so eine dunkle, gelbliche Farbe hatte. Kokosnusseis war doch eigentlich immer weiß, mit kleinen Kokosraspeln gesprenkelt. Und nun merkte er, dass es auch gar nicht nach Kokosnuss schmeckte. Eher nach Nutella oder Nougat. Beides mochte er nicht so sehr. Trotzdem: Schlecht war auch dieses Eis nicht, versuchte er sich zu trösten. Aber gefreut hatte er sich schon auf die bestellte Mischung.

Als er bezahlte, meinte er: „Das Eis hat wie immer gut geschmeckt. Aber das war kein Kokosnusseis."
„Doch. Kokosnuss-Eisse."
„Nein, hier steht es auch auf der Rechnung. Es war Crema Leonardo."
„Isse tasselbe."
„Nein, nein, das schmeckt ganz anders."

Und dann hörte er einen Satz, der vielleicht wiedergab, wie die deutsche Sprache für manchen Italiener klang. Sie musste sie wohl an Wikinger aus einem urigen Norden erinnern, mit behornten Helmen, buschigen Augenbrauen und langen Zöpfen, gerade erst einer unwirtlichen Wildnis entsprungen:
„Chaaupzacke, esatte kutte kässämäckättä."
Dazu grinste er wieder ambivalent. Ein Zug Komplizenhaftigkeit war nun noch hinzugetreten. Er war bereit, trotz der eigenen Zivilisiertheit einen Pakt mit diesem Wilden zu schließen. Der sollte sich

bloß nicht so anstellen. Jaja, Hauptsache, es hat gut geschmeckt.

Laurentiuskirmes oder Was ist normal?

Morgen ist Klassenkonferenz in der B, und ich muss zugeben, dass mir schon ein bisschen mulmig zumute ist. Schließlich bin ich die einzige Schülerin aus der A und die einzige Zeugin. Und zugleich vielleicht Beschuldigte. Ich liege auf meinem Bett in meinem Zimmer, und vor meinem inneren Auge läuft noch einmal wie ein Film der Tag auf der Laurentiuskirmes ab. Wie schön hatte er begonnen!

***

Mir gefiel die Langsamkeit, mit der sich das große Rad drehte. Das leichte Kribbeln im Magen war mir gerade recht. Als Vogel mit weit ausgebreiteten Schwingen in der Luft, das konnte ich mir schon vorstellen, wenn ich auch in den Bergen oder auf den Türmen des Kölner Doms an Höhenangst litt.

Merkwürdig! Vielleicht kam mir ja gerade diese langsame Bewegung entgegen. Auf jeden Fall war ich stolz, dass ich mich überwunden hatte, und das dazu auch noch ganz alleine. Wenn das meine Eltern wüssten!

Ich war erstaunt, wieviel Grün sich in der Innenstadt ausbreitete. Und wie dazu die Ochsenblutfarbe des Bürgerhauses passte.

Über was sich meine Nachbarn in der Gondel unterhielten- naja! Is dat schön. Jaa. Kuck mal, der Balkon mit den janzen Blumen. Jaa, is dat schön.

Bei der nächsten Umdrehung fiel mir das Rathaus ins Auge. Es hatte etwas von einem Zuckerbäckerstil. Aber warum nicht? Ich wusste ja längst, dass nicht alles, was modern ist, gleichzeitig auch schön sein muss. Am liebsten aber gingen meine Blicke auf die grünen Hügel hinter unserer Stadt. Wenn ich es nicht so gehasst hätte, hätte ich auf die Idee kommen können, mit meinen Großeltern zu wandern. Aber dann würde ich von meinen Freundinnen noch mehr erstaunt angeschaut. Ich wäre mir noch einsamer vorgekommen.

Mit Luisa konnte ich wenigstens mal nach Köln fahren, ohne zu shoppen. Ich stehe ja auch nicht mehr so auf Markenklamotten wie früher, vor allem, seitdem ich manchmal selber nähe. Manche finden das ja toll. Andere rümpfen darüber die Nase. Bis vor kurzem ging ich ja öfter in die Disko. Aber mein Taschengeld wird knapp, weil ich mir immer häufiger Bücher kaufe. Ich liebe Bücher, vor allem wenn es Fantasy-Romane sind. Und am meisten schätze ich sie, wenn sie mit prachtvollen Bildern oder Zeichnungen geschmückt sind.

Jetzt kommt das Riesenrad langsam zum Stehen. Es dauert aber noch ein Weilchen, bis meine Schüssel dran ist, meine, in der auch die Leute sitzen, die aussehen und reden wie die Fußbroichs. Man könnte solche Leute mal beschreiben. Den Mann mit den silbernen Haaren und seinem kölschen Schneuzer und wie sie sich krampfhaft festhalten. Aber das muss ich gerade sagen, ich mit meiner Höhenangst! Vielleicht schreibe ich später mal so was. Nein, ich schreibe doch lieber Einhorn- und Elfengeschichten! Wie Luisa, meine Freundin. Und am besten ist es, wenn wir zusammen schreiben.

Durch das weiße Gestänge des Riesenrads sieht man dort den Turm der Laurentiuskirche, wie er sich in den blauen Himmel reckt. Das Gestänge erinnert mich an den Eiffelturm, damals bei meinem Sprachaufenthalt in der Nähe von Paris.

Viele Buden und Karussels sind bunt wie Bonbons. Das Krakenkarussel da drüben ist mir zu doll, wie die Krakenarme chaotisch hoch runter gehen, und dieses Schreien und die ekelhafte Lautsprecher-Anmache! Den süßen Stand finde ich schon besser. Was freute ich mich früher, wenn uns Papa ein Lebkuchenherz mitbrachte. Popcorn kann ich auch im Kino essen.

Der kleine Junge da, wie süß! Er beugt sich herunter, um sich den Tiger ganz genau anzuschauen. Vor der Losbude mit den tausend vergeblichen Losen auf dem Boden davor. Ob er sehen will, ob der Tiger lebendig ist? Süß!

Die Beschleunigung in der Raupe war mir immer unangenehm, selbst wenn ich mit meinen Freundinnen zusammen in der engen Kabine saß und wir uns aneinanderdrückten. Ach, stehen da nicht Typen aus der B auf der Rampe? Das macht mir die Raupe noch unsympathischer. Die blinkenden Lampen da drüben finde ich aber schön. Fast wie in der Disko. Aber diese Bratwürstchen da, ekelhaft! Die riesige Zweibalkenschaukel fasziniert mich schon, wie man da himmelhoch fliegt. Aber ich weiß nicht. Mit wem sollte ich da drauf gehen? Luisa traut sich ja auch nicht. Auf diese gemütlichen Kinderkarussels mit ihren Pferden und Hirschen ging ich früher ganz gerne, oder Mama und Papa setzten mich auf ein Pony. Aber diese armen Tiere, die da immer im Kreis herumlatschen müssen. Furchtbar. Dass so etwas überhaupt erlaubt ist!

***

Da steht doch tatsächlich eine Frau mit Schirm bei strahlendem Sonnenschein! Was die wohl denkt? Ach, die schaut sich dieses Monsterbild an. Ein merkwürdiger Typ im grauschwarzen Regenmantel. In der Linken hält er einen weißen Totenkopf mit rotleuchtenden Augen. Aber seine starren weißlichen Augen mit der winzigen Pupille! Erinnert mich irgendwie an die blonde Jenni aus der B. Die

sieht ja fast wie Heino aus. Unwirklich, aber aggressiv. Auf dem Schulhof versuche ich ihnen immer aus dem Weg zu gehen, ihr und ihrer Clique. Aber sie können es nicht sein lassen, mich zu provozieren. Sie wissen wohl, dass ich mich aus dem Handy- und SMS- Betrieb langsam abgesetzt habe. Ich muss auch nicht immer zusammen mit einer Gruppe sein. Und mittlerweile weiß ich auch, dass nicht alles Mist ist, was unsere Lehrer sagen. Das müssen sie irgendwie mitgekriegt haben. Oder sie riechen so etwas. Dabei weiß ich doch genau, wie ungerecht manche Lehrer bei der Notengebung sind, ungerecht oder undurchschaubar. Und ich habe das auch öfter als Klassensprecherin vor den Lehrern vertreten. Das müssten die von der B eigentlich auch wissen. So was spricht sich doch rum. Vielleicht beneiden sie mich ja auch nur um meine Noten.
Da kommen sie! Jetzt gehe ich einfach mal in die Bude der Wahrsagerin. Wollte ich mir sowieso immer mal anschauen.

Als ich den roten Samtvorhang beiseiteschiebe, bin ich erstaunt. Ich hatte gedacht, hier würde mir eine bunte und unheimliche Fantasy-Welt entgegenleuchten. Entgegen allen meinen Erwartungen und Vorstellungen aber ist dieser Raum fast nüchtern. Zwar wird die hintere Wand auch noch einmal von einem roten Samtvorhang verdeckt, aber vor mir sitzt eine Frau an einem kleinen Tisch, die fast Frau Ohlig, unsere Klassenlehrerin, sein könnte. Sie hat ernste, aber irgendwie auch liebe Augen und schaut mich intensiv an.

„Na, dann setz dich mal auf diesen Stuhl!" höre ich ihre erstaunlich tiefe Stimme aus ihrem zierlichen rotgeschminkten Mund.
„Und nun nimm mal dieses Pendel in die Hand!"
Sie gibt mir ein kegelförmiges Pendel aus Rosenquarz an einer Messingkettte. Dann mischt sie ein Kartenspiel und fächert die Karten mit der Rückseite halbkreisförmig auf den Tisch. Zwischen den Karten und ihrer goldenen Bluse ruht eine Glaskugel in einer dickwandigen Glasschüssel.
„Nun gehe mit dem Pendel langsam über die Karten, und halte an, wo es ausschlägt."
Ihre dunkelblonden oder besser gesagt goldenen Haare rahmen ein Gesicht mit gutmütigen Backen und tiefliegenden Augen.
Ich lasse das Pendel über die Karten gleiten. Meine Finger zittern ein wenig. Zu meiner Überraschung fühle ich plötzlich über einer Karte ein deutliches Ziehen in dem Pendel.
„Hier!" kommt es trocken aus meiner Kehle.
„Dann wollen wir mal sehen."
Sie deckt die Karte auf. Es ist ein Handy darauf abgebildet.
„Nun noch einmal! Fünfmal insgesamt."
Immer noch schaut sie mich intensiv an, so dass ich ein wenig verlegen werde.
Eine Karte mit einem Buch, eine mit einem Schwert, eine mit einem Herzen und eine mit einem Einhorn werden aufgedeckt.
„Nun lege die Karten vor dich hin, und überlege, ob dir die Reihenfolge gefällt, oder ob du sie ändern würdest."

Ohne zu wissen, warum, schiebe ich das Buch und das Handy auseinander, so dass das Einhorn dazwischenpasst. Die Frau lächelt mich an. Mir wird ganz warm bei ihrem Blick.

„Du kannst beruhigt sein. Du brauchst dir keine Sorgen über dein Schicksal zu machen."
Woher weiß sie, dass ich mir Sorgen mache?
„Nach der Welt der Werbung kommst du über die Welt der Fantasy-Literatur ganz ernsthaft zur Literatur. Du musst nur überlegen, was du in dieser Welt willst. Es stehen dir allerdings auch manche Kämpfe bevor. Aber dadurch lernst du erst richtig die Wirklichkeit kennen. Die Kämpfe machen dich stärker, dich und dein Herz. Und mit Sicherheit findest du ein Herz, welches ähnlich wie deines empfindet."

„Ich wünsche dir alles Gute".
Die Frau gibt mir die Hand, eine Hand, die sich gleichzeitig weich und warm und fest anfühlt. Ich stehe auf und verlasse den Raum.

***

Draußen sehe ich den Süßigkeiten-Stand mit der Galerie von Lebkuchenherzen, darüber rote und blaue Luftballons. An seinem Ende ist die Schüssel zu sehen, aus der ein Mann mit weißer Kochmütze Zuckerwatte herausdreht. Vor ihm steht ein kleines Mädchen, dessen Gesicht vollkommen verdeckt ist von einer Zuckerwattenkugel. Das möchte ich jetzt auch, bestelle mir auch eine Kugel. Ich tauche hinein in die klebrige Süßigkeit, bin plötzlich wieder fünf Jahre alt und mit meinen Eltern zum ersten Mal auf der Kirmes. Der Himmel ist nun noch blauer, und ich laufe auf grünen Wiesen dem Horizont entgegen. Mein Herz ist leicht und froh.

„Lass uns auch mal lecken!"
Eine fordernde Stimme reißt mich aus meinem süßen Traum.
Vor mir hat sich Jenni mit ihrem provozierenden weißen Schal aufgebaut, neben ihr ein grinsendes Gesicht mit straff herabhängender schwarzen Haaren unter einem weißen Hut und daneben ein weiteres freches Blond in einem Trainingsanzug mit Rallyestreifen, wie ihn meistens Jungen tragen. Eine Hand in einer grünen Jacke mit einem herausforderndem Ausschnitt greift nach meiner Zuckerwatte und meint:
„Sei nicht so egoistisch!"
Ich will aber nicht andere in meine Zuckerwatte hineinlutschen lassen, und diese Typen da schon gar nicht!
Ich versuche mich abzuwenden. Sie folgen mir aber und greifen nach dem Stab in der Zuckerwatte.
„Lass das sein!" fauche ich.
Sie lassen es nicht sein, greifen nach meiner Hand und versuchen sie an sich zu ziehen. Nun reißt mir der Geduldsfaden. Wut steigt in mir hoch. Ich schubse die Zuckerwatte Jenni ins Gesicht. Einen Augenblick schaut sie verblüfft aus der traurigen Ruine der rosa Kugel.
„Das ist doch nicht normal!" kommt es verärgert-weinerlich aus ihrem verkniffenen Mund. Dann hat sie ihre gewohnte Aggressivität wieder zurückgefunden.

„Das wirst du büßen!"
Während sie mit der Linken die klebrigen Überreste aus ihrem Gesicht klaubt, holt sie mit der Rechten weit aus. Ich drehe mich auf dem Absatz um und renne durch den Forumpark, an den kindlichen Ponyreitern vorbei, auf den Bürgersteig an der Hauptstraße. Nun höre ich ihre Absätze, wie sie alle hinter mir herrennen. Ich erreiche die Glastür der Stadtbücherei, sie öffnet sich automatisch, ich stoppe hinter der Tür und bleibe schwer atmend stehen. Die Frauen an der Theke, wo man die gelesenen Bücher abgibt und die neuen in den Computer eintragen lässt, schauen kurz auf. Haben sie etwas gemerkt? Zumindest ist es merkwürdig, so eine abgehetzte Person eintreten zu sehen. Als ich mich kurz umschaue, stelle ich mit Genugtuung fest, dass Jenni und ihre Bande vor der Glastür stehen geblieben sind. Wie Ungläubige vor einer Kirchentür, kommt es mir in den Sinn.

Nun muss ich so tun, als sei ich eine ganz normale Besucherin der Stadtbücherei. Keine, die auf der Flucht ist. Deshalb gehe ich zunächst noch nicht zur Toilette im Erdgeschoss, sondern ganz normal die Treppe hinauf in Richtung großer Büchersaal. Langsam, um wieder zu Atem zu kommen. Halte mich am Treppengeländer fest. Ziehe mich daran hoch. Die Glastür öffnet sich. Ich lasse mich auf die blauen Polster in der Korbbank sinken, nehme mir zur Tarnung eine Zeitung, die vor mir auf dem Glastisch liegt, lese darin, ohne auch nur einen einzigen Satz zu verstehen. Vor mir steht die Figur der Zeitungleserin, aus Papiermaché gefertigt.

Schaut sie mich mitleidig an? Oder ist sie völlig gleichgültig? Warum können die mich nicht in Ruhe lassen? Bin ich anders als die anderen? Sind sie normal oder ich, oder keiner? In diesem Moment möchte ich nicht einmal Luisa neben mir.

***

Schließlich erhebe ich mich und begebe mich zu den Regalen mit den Autoren von Romanen und Erzählungen. Sie sind nach dem Alphabet geordnet. Ich suche den Buchstaben P. Wo ist FO? Hier: Poe. Edgar Allan Poe. Es war das erste Mal, dass mich eine Lektüre im Deutschkurs so gepackt hatte, dass ich mehr von diesem Autor lesen wollte. „Die Maske des roten Todes" ähnelte irgendwie meinen geliebten Fantasy-Romanen. Aber gleichzeitig war es anders. Ich weiß auch nicht wie. Vor allem die Beschreibung der sieben Räume fesselte mich und das Erschrecken, welches die Versammlung erfasste bei dem Glockenschlag zur vollen Stunde. Aber was soll ich nun ausleihen? Dieser Band hier trägt den Titel „Die Abenteuer des Gordon Pym". Ob das was ist?

„Das musst du lesen. Es wird dir bestimmt gefallen."
Ich schrecke zusammen, obwohl mir die Stimme angenehm in den Ohren klingt. Neben mir steht Oliver mit seinen dunklen Augen. Wenn man sie anschaut, weiß man nie, wo er in Wahrheit ist. Ich mag ihn. Aber ich weiß noch nicht, wo ich ihn einsortieren soll. Er besucht den gleichen Deutschkurs wie ich, ist aber nicht in meiner Klasse. Er nimmt mir den Band aus der Hand, den ich

gerade aus dem Regal genommen habe. Als sich unsere Finger berühren, fangen meine Gedanken an abzuschweifen. Ich weiß aber nicht wohin. Oliver blättert ein wenig in den Seiten und zeigt mir eine Seite:
„Hier zum Beispiel. Lies mal, Agnes!"
Er kennt meinen Namen!? Natürlich kennt er meinen Namen!
Ich zwinge mich zu lesen:
„Der letzte Rest von Rausch war verschwunden, und die Ernüchterung
machte mich doppelt furchtsam und unentschlossen. Ich wußte, daß ich vollständig unfähig war, ein Boot zu lenken, und daß der Sturm und die starke Ebbe uns unaufhaltsam dem Verderben entgegentrieben. Wir hatten weder einen Kompass bei uns noch Lebensmittel, und bei der Schnelligkeit, mit der das Boot vorwärtsschoss, war es unausbleiblich, daß wir bei Tagesanbruch die Küste aus dem Gesichte verloren hatten. Solche und ähnliche angstvolle Gedanken durchsausten mit rasender Schnelligkeit mein Gehirn und machten mich eine Zeitlang zu jeder Handlung unfähig."
„Du hast Recht. Das gefällt mir."
„Sag ich doch."

Nun wissen wir beide nicht so recht, wie wir weiterreden sollen. Dabei ist an sich keiner von uns auf den Mund gefallen. Wieso sind meine Hände auf einmal so verschwitzt? Wir gehen gemeinsam zur Ausleihtheke. Als ich aufgefordert werde, meinen Leserausweis zu zeigen, stelle ich fest, dass ich ihn nicht dabei habe. Was nun?

„Ach, dann nehme ich dein Buch einfach auf meinen Namen", meint Oliver. Die Bibliotheksangestellte wirft einen kurzen kritischen Blick auf uns, dann händigt sie uns unsere Bücher aus. Oliver steckt beide Bücher, seins und meins, in einen grünen Beutel, den er dabeihat.
„Gehst du auch zur Haltestelle?" fragt er, und ich sage ja, obwohl ich das vor einer Minute noch nicht wusste.

***

Wir gehen auf die automatische Glastür zu, sie öffnet sich, wir hören den Lärm der Kirmes im Hintergrund.
Kaum haben wir den Platz vor der Bücherei betreten, empfängt uns ein lautes Gejohle.
„Jenni!" durchfährt es mich.
„Schaut euch mal dieses schöne Pärchen an! Und so vornehm! Sie lesen Bücher. Wollen was Besseres sein."
Ihre Schlitzaugen über dem martialischen weißen Schal sind hasserfüllt.
„Lässt du deinen Lover denn an deiner Zuckerwatte lecken?"
Die mit dem weißen Hut stößt mich vor die Brust, so dass ich gegen Oliver taumele.
Die anderen lachen.
„Lasst sie in Ruhe!" ruft Oliver.

Nun fallen alle über ihn her, stoßen ihn, schubsen ihn.

Mich packt eine unbändige Wut. Ich stürze mich auf Jenni, gebe ihr einen heftigen Stoß vor die Brust, sehe noch ihr erstauntes Gesicht. Sie taumelt, stolpert über den niedrigen Zaun aus Eisenrohren, fällt rücklings auf das niedrige Gestrüpp vor dem Spielplatz, bewegt sich nicht. Ihr weißer Schal hat sich in den Ästen des Gestrüpps verfangen. Einen kleinen Moment lang spüre ich so etwas wie Genugtuung.

Danach ist es wie in einem Traum. Leute kommen vom Spielplatz. Anrufe auf Handys. Irgendwann das aufgeregte Tatüü des Rettungswagens. Blinkendes Blaulicht gibt Katastrophenalarm. Jenni wird von zwei Männern auf eine Bahre gelegt und abtransportiert. Ich schaue mich um. Nun erst sehe ich die anderen wieder. Sie haben ihre Augen auf mich gerichtet, mit Blicken, aus denen das Wort Mörder spricht. Oliver steht daneben, als komme er von einem anderen Stern. Mehrere Leute reden auf mich ein. Ich verstehe nicht viel von dem, was sie sagen. Wie soll das weitergehen?

Ich habe keine Kraft mehr

Alexander Schmitz war eine Viertelsturde zu früh in dem Restaurant am Marktplatz. Das war kein Zufall. Er machte das immer so, wenn er eine Verabredung hatte. Er wollte damit dem Klischee begegnen, dass sich der eine Verspätung erlauben konnte, der sich für bedeutsamer hielt. Und bei ihr schien es ihm besonders wichtig, dass er ihr nicht überheblich oder unbescheiden vorkam. Hielt er sie nicht wie einen flüchtigen Vogel in der Hand, der durch eine unbedachte Bewegung vertrieben werden konnte? Aber was hieß hier in der Hand? Zwar wusste er, dass sie kommen würde. Wenn er so weit war, war eigentlich noch nie etwas schiefgegangen. Doch bei ihr war er sich insgesamt seltsam unsicher.

Der Kellner hatte ihm ein Glas griechischen Rotwein auf den Tisch gestellt. Nichts Besonderes. Aber die Farbe war wichtig. So sah alles romantischer aus. Wenn sich auch alles am helllichten Tag abspielte. Ein lauschiger Abend wäre natürlich besser gewesen. Aber davon wollte sie nichts wissen. Wie ein scheues Reh, dachte er. So war sie ihm auch vorgekommen, als er sie von hinten in der Fußgängerzone sah. Schlanke Fesseln an hohen Beinen, die zur Flucht bereit waren.

Die anderen waren nie so gewesen. Bodenständiger oder praller, auch von anderen begehrt. Das hatte dazu geführt, dass er seinen Aufenthaltsort wechseln musste. Weil er schon zu bekannt geworden war. Gut, der Ortswechsel hatte auch mit seiner Arbeit zu tun. Er war froh, dass er hier die Stelle bekommen hatte. Obwohl sie ihn unendlich langweilte. Den ganzen Tag nichts zu tun als nur die Eintretenden zu beobachten oder wenigstens den Anschein zu erwecken, während er mit seinen Gedanken ganz woanders war. Damit sich die Kunden sicher fühlten.

Wenn die dunkelhaarige Dralle an der Fotokasse neben seinem Standort erschien, erlaubte er sich manchmal ein Schwätzchen mit ihr. Das war die einzige Abwechslung in der Ödnis. Allenfalls ergab sich gelegentlich ein Lichtblick durch eine Kundin, die ihm wegen ihrer Gestyltheit oder ihrer zur Schau getragenen Reize ins Auge stach. Doch er wollte nicht wieder seine Stelle verlieren, weil der Chef unzufrieden damit war, dass er seine Arbeit vernachlässigte, was auch immer das heißen mochte. Da er ja sowieso nie zu einer regelrechten Tätigkeit kam. Der Sinn dieser Jobs blieb ihm immer verborgen. Aber er brauchte sie, da das Arbeitslosengeld nicht ausreichte, um ihm eine angemessene Kleidung und einigermaßen passende Restaurantbesuche zu erlauben.

Wenn er an ihre Fesseln und an ihre Waden dachte, ging es ihm wie einem Kunstliebhaber mit der Mona Lisa. In der Fußgängerzone war er ihnen wie ein aufgeregter Täuberich gefolgt. Ein Täuberich, der auf der Jagd nach Schönheit war. Ihn widerten die orangeweißen Absperrungen an, hinter denen die brutalen Greifarme des Baggers in den städtischen Böden herumwühlten, die sowieso schon von Kabeln und Röhren geschunden waren. Vor kurzem noch hatten ihm die Schatten der Bäume Trost gespendet, wenn er sich auf dem Weg zu seiner ungeliebten Arbeit befand. Und auf dem Rückweg hatte er manchmal das Glück, dass er auf einer der grünen Rundbänke neben einer kleinstädtischen Schönheit sitzen durfte, die seinem geübten Charme schon bald zu verfallen schien.

Sie war gerade von einer dieser schmierigen Matten, die man auf die aufgerissene Erde gelegt hatte, von einer Seitenstraße in die Hauptstraße eingebogen, als er ihre unglaublichen Beine vor sich auftauchen sah, gleich neben ein paar dieser aufdringlichen Baulampen in Gelb und Rot. Aus einem bunten Kleid wuchsen diese Beine heraus, zart, grazil und unverdorben. An allerlei erinnerten sie ihn, obwohl er nicht hätte sagen können, an was.

Vorher hatten ihn die Flicken im Pflaster an seine eigene Vergangenheit erinnert. Immer wieder war er gezwungen, sie zu übertünchen. Und es blieben Flecken wie der hässliche Asphalt in ihm zurück. Der ausländische Steinschneider mit seinen Ohrenschützen und das durchdringende Schneidegeräusch vermittelten ihm ein Gefühl von Fremdheit. Sollte diese Ungemütlichkeit auch seine Zukunft bestimmen? Er selber hätte an seinem ungeliebten Arbeitsplatz keine Ohrenschützen oder einen Walkman tragen dürfen. Er musste immer nur hinschauen und hinhören, obwohl es so wenig zu sehen und zu hören gab. Jetzt entführte ihn der Blick auf diese Beine sofort in eine andere Welt. Dort konnte er seine Einsamkeit vergessen.

Diese Beine! Er brauchte Abwechslung. Und schön musste sie sein. Wie diese Schuhe verführerisch auf das Pflaster klopften! Als er dabei war, die Schönbeinige zu überholen, wehten ihm die lockigwelligen Haare der Frau eine angenehme Ergänzung in den Blick. Das Gesicht darunter aber erschien ihm merkwürdig fremd. Er war noch dabei, es in seine Welt einzuordnen, als sie diesen Satz von sich gab, der ihn einerseits erstaunte, andererseits zu einem schnellen Handeln veranlasste, wie es bei ihm selten vorkam.

„Ich habe keine Kraft mehr."

Hatte sie es nicht halb zu ihm herübergesprochen? Wie in Trance ergriff er ihren linken Arm, um sie festzuhalten. Sie geriet ins Stolpern. Er fasste mit seinem linken Arm um sie herum. Nun beugte sich ihr Körper so nach vorne, dass sich ihr rechter wohlgeformter Busen genau in seine geöffnete Hand hineinschmiegte. Zufall?

Im gleichen Moment aber standen die beiden Alten neben ihnen. Mit wutverzerrten Gesichtern.
„Das ist ja eine Unverschämtheit! Wir haben alles genau beobachtet. Eine versuchte Vergewaltigung. Am helllichten Tag."
Der Mann hob seinen Schirm und hielt ihn drohend gegen Alexander. Helle Empörung stand auf seiner Stirn.
„Aber da haben Sie sicher etwas missverstanden."
Alexander horchte aufmerksam auf die sanfte Stimme, die ihm da zur Seite stand.

„Wir saßen dort vor dem Cafe und haben alles genau beobachtet. Wollen Sie, dass wir die Polizei rufen? Wir haben ein Handy dabei. Immer. Für alle Fälle."
Nur zögernd ließen sie danach von ihrem Vorhaben ab. Kopfschüttelnd begaben sie sich wieder an ihren Platz vor dem Cafe, nachdem die Schönbeinige ihren gewaltsamen Schutzversuch abgelehnt hatte.

Alexander war so fasziniert von ihr, dass er ihre Rede nur halb mitbekam. Und es musste doch weitergehen. Eissalon! Er lud sie zum Eissalon in der Nähe des Bahnhofs ein. Erstaunlicherweise willigte sie sofort ein.

***

Als er sich mit seinem Vornamen Alexander vorstellte, war sie lediglich Frau Lichtenberg für ihn. Um Gottes Willen nicht aufdrängen! Schnell wiederholte er seinen Vornamen und setzte seinen Nachnamen hinzu.
„Was darf ich für Sie bestellen, Frau Lichtenberg?"
„Sie haben mir geholfen, Herr Schmitz. Deshalb lade ich Sie ein."
„Das kann für mich auf keinen Fall in Frage kommen."
Das habe ich noch nie geduldet. Wobei er sich diesen Satz verkniff. Er musste sich jetzt ganz auf die Gegenwart konzentrieren. Obwohl er ihre Beine nicht sehen konnte. Sie waren ja unter dem runden Tischchen verschwunden. Damit sie nicht merkte dass er sie da suchte, schaute er ihr fest in das sanfte Gesicht, das ihn wieder ein wenig irritierte.

Sie sträubte sich dann auch nicht länger gegen seine Einladung. Er bestellte bei dem Kellner mit der Windstoßfrisur einen Amarenabecher für sie. Für sich ein kleines gemischtes Eis mit Sahne.

Sie bedankte sich noch einmal bei ihm für seine spontane Hilfe, als sie zu stolpern drohte.
„Wie konnten Sie meine Situation so rasch einschätzen, dass Sie mir genau im richtigen Augenblick zu Hilfe kamen?"
„Na, ich habe doch gehört, was Sie gesagt haben."
„Gesagt? Habe ich etwas gesagt?"
„Es wurde Ihnen doch offensichtlich übel oder schwindlig. Sonst hätten Sie das doch nicht gesagt."
„Aber was? Ich weiß nicht, was ich gesagt habe."
Sie schaute ihn mit einem erstaunten Lächeln an, welches ihn wiederum seltsam berührte. Er konnte das Gefühl, das in ihm hochstieg, nicht richtig einschätzen.

***

Erwin hätte sie nie so genau beobachtet. Da war sie sich sicher. Wie oft hatte sie sich das gewünscht. Zum Beispiel ihre Traurigkeit bei der Geburt ihres Neffen, sie waren schon drei Jahre verheiratet, die kleinen Fingerchen, die großen Augen, warum schaute er nicht in ihre Augen, wenigstens ihre Traurigkeit hätte er doch wahrnehmen können.

Als Marketingmann hatte er sie wie ein Marketingmann umworben. Er sprach von ihrem Kleid, ihrer Figur, ihren Haaren, und sie war auf seine Bewunderung für sie abgefahren. Erwin war damals einfach auf sie zugekommen und hatte ihr den Hof gemacht. An dem lauen Abend in dem Gartenrestaurant, das sie mit ihrer Freundin Ursula besuchte. Und schon damals hatte er dieses Wort benutzt, das sie heute ganz anders verstehen würde. Zerbrechlich. Ja, er hatte sie zerbrochen. Aber erst später, erst allmählich. Und sein Tonfall war anders gewesen. Überhaupt der Tonfall. Der hatte seine ganze Verführungskunst ausgemacht. Der Tonfall der Bewunderung. Da konnte er alles sagen, was er wollte. Der Tonfall bog alles hin. So dass zerbrechlich fast wie ein Verdienst klang. Auf jeden Fall eine bewundernswerte weibliche Eigenschaft, die sie zu einem feinen Wesen stilisierte, das sie sicher auch teilweise war, aber eben nur teilweise. Was sie sonst noch war, interessierte ihn offensichtlich nicht.

Aber der hier bewunderte sie mit keinem Wort. Sie war sich bewusst, dass sie stattdessen ihn bewunderte, und dass sie das selber genoss. Wie liebenswürdig er redete und sich benahm! Wie interessant er erzählen konnte! Und wie aufmerksam er ihr Stolpern beobachtet hatte und ihr beigesprungen war! Aber konnte sie ihm trauen? Und dann dieses Bäuerlich-Naive, das sie gleichzeitig an ihm feststellte.

Wie anders war Erwin gewesen! Wie gerne hätte sie ihn bewundert! Aber sie kam gar nicht dazu. Seine Tatkraft nahm ihr vieles ab. Und diese Tatkraft zeigte sich ja auch in seinen geschäftlichen Erfolgen. Da ihr Sinn aber nach allem anderen als

Geschäftlichem stand, war auch da kein Platz für Bewunderung. Sie hätte sich Bewunderung auf einem Gebiet gewünscht, das etwas mit Abenteuer oder Enthusiasmus zu tun hatte. In seinem Beruf und gesellschaftlich hatte er immer Erfolg, Nur auf einem Gebiet wollte sich der Erfolg nicht einstellen. Sie bekamen kein Kind. Obwohl sie das beide wollten. Sie hatte deswegen ein schlechtes Gewissen, obwohl nie klar wurde, wessen „Schuld" es war. Aber irgendwie ahnte sie gleichzeitig, dass dazu ein Stück Liebenswürdigkeit von Erwins Seite fehlte, ein wenig Charme, etwas weniger Präzision.

Als sie dann entdeckte, dass Erwin ein Verhältnis mit seiner Sekretärin hatte, war es nur noch ein kurzer Schritt bis zur Scheidung. Mittlerweile war die gegenseitige Entfremdung so weit fortgeschritten, dass es keinen von ihnen mehr ins Mark traf. Später erfuhr sie, dass Erwin mit seiner neuen Frau zwei Kinder hatte. Sie gewöhnte sich schnell an ihre neue Situation. Bis sie von ihrer Krankheit erfuhr.

***

Als der Kellner das Glastellerchen mit dem Eis und den Amarenabecher auf das Tischchen stellte, warf er Alexander einen Blick zu, den dieser fast als Unverschämtheit empfand.

„'Ich habe keine Kraft mehr', haben Sie gesagt", meinte er nach einer Pause, in der er den Ärger über den Kellner in sich hineinstopfte.
„Das war ja wohl ein Hilferuf, oder?"

„Ach das!" Nun lachte sie ein Lachen, als sei sie ein junges Mädchen.
„Das bezog sich doch auf die Bettler."
„Auf die Bettler? Das verstehe ich nicht."

Er musste in diesem Moment so ein verdutztes Gesicht aufgesetzt haben, dass sie wieder ihr lautes Mädchenlachen von sich gab, dieses Mal noch lauter als vorher.
„Es werden doch immer mehr. Ich meine, in der Fußgängerzone. Verstehen Sie?"
Wieder nach einer kurzen Pause nickte er, dann immer eifriger.
„Jaja, Sie haben Recht. Da müsste was gegen unternommen werden." Ein Schatten huschte über ihr Gesicht.
„Unternommen? Wie meinen Sie das?"
Er merkte, dass er etwas Falsches gesagt hatte, und versuchte, den Eindruck zu verwischen, den seine Bemerkung bei ihr hinterlassen hatte.
„Na, ich meine, das kann doch kein Mensch auf die Dauer aushalten."

Nun war sie wieder fröhlich und nahezu eifrig.
„Sehen Sie, das ist es, was ich meine. Und wir? Wir leben in Saus und Braus, und unternehmen nichts dagegen."
In Saus und Braus? Lebte er in Saus und Braus?
Er brauchte sich keine Antwort zu überlegen, da sie fortfuhr, nun etwas ernster geworden:
„Ich halte es einfach nicht mehr aus, dass ich diese Menschen nicht retten kann."

Dieser Gedanke war ihm noch nie gekommen. Die Bettler waren einfach da. Weil sie so ihren Lebensunterhalt verdienten, wie er mit seinem öden Job. Vielleicht hatten sie sogar mehr Einnahmen als er. Aber diese Frau fühlte sich offensichtlich verantwortlich für sie. Hatte sie so viel Geld? Dann sollte sie doch machen! Als er in ihr Gesicht schaute, kamen ihm aber wieder andere Gedanken. Der machte das offensichtlich Kummer. So ein Satz!
„Ich halte das einfach nicht mehr aus!"
Als würde ihr die Anwesenheit der Bettler körperliche Schmerzen bereiten. Diesem kostbaren Körper! Nein, dagegen musste man einschreiten. Die hatte sich da in etwas verrannt.

„Aber dafür brauchen Sie sich doch nicht verantwortlich zu fühlen. Das ist eine Aufgabe der ganzen Gesellschaft. Und manche nützen das Bettlertum auch aus. Sie haben es in Wirklichkeit gar nicht nötig. Oder setzen das Erbettelte in Drogen um. Einem Obdachlosen habe ich einmal eine Wohnung besorgt. Nachdem er sich schon mehrere Wohnungen angeschaut hatte, die ich für ihn aufgetan hatte, unterschrieb er den Mietvertrag und ward danach nie wieder in der Wohnung gesehen. Ich weiß auch, warum. Sie war zu weit von seinem Bettelplatz entfernt. Und so nahm er nicht mehr genügend Geld für seine Drogen ein."
„Ach, das haben Sie erlebt? Das finde ich ja toll, dass Sie sich für solche Menschen einsetzen."

***

Alexander sonnte sich in ihrem Lob, obwohl er gerade gelogen hatte. Bertold hatte ihm diese Geschichte erzählt. Wie mit so vielem aus Bertolds Leben schmückte er sich damit wie mit einem geliehenen oder abgelegten Kleidungsstück.

Bertold merkte das gar nicht. Er lebte mit seinen Gedanken in einer ganz anderen Welt. Als bekannter Kunsthistoriker reiste er von Vortrag zu Vortrag und von Ausstellung zu Ausstellung. Auf einer Ausstellung war es auch gewesen, wo Alexander ihn kennengelernt hatte. Und dort nahm ihre Freundschaft ihren Anfang. Eigentlich auf Grund eines Missverständnisses. Das aber hatte in den abgehobenen Sphären Bertolds solche Spuren hinterlassen, dass er nie auf die Idee gekommen wäre, Alexander zu misstrauen.

Ab und an hatte Alexander sein Jagdrevier ins Ludwig-Museum in Köln verlegt. Weil er festgestellt hatte, dass dort sehr reizvolle Frauen verkehrten. Und bei Vorträgen hatte er sich ein bestimmtes Vokabular gemerkt, mit dem er diese Damen beeindrucken konnte.

Damals hielt Bertold einen Vortrag über den Surrealisten Salvador Dali. Als er die Zuhörer aufforderte, Fragen zu stellen, begeisterte ihn Alexanders Frage, woher Dali die Malweise der Alten Meister kenne. Einen Vortrag über deren delikate Hintergründe hatte Alexander einige Tage vorher im Wallraff-Richartz-Museum gehört, als er sich dort mit der üppigen Kunstfreundin Karin verabredet hatte, um sie nachher auf den üblichen Verführungsweg zu bringen.

Bertolds Faszination von Alexanders Frage sollte niemals enden und gab ihm Gelegenheit zu langen Privatvorträgen über Vorbereitung von Malgründen und Farben und Unzahlen von Pinselstrichen. Sie war Ursache und Beginn einer merkwürdigen Freundschaft, die schließlich dazu führte, dass Bertold Alexander häufig seine Wohnung für die Dauer seiner Abwesenheit zur Verfügung stellte. Wenn er ihm die Schlüssel gab, wusste er und nahm es in Kauf, dass Alexander dort seine Schäferstündchen mit seinen Anbeteten hatte. Bertold selber hatte für das andere Geschlecht wenig übrig, aber das bedeutete nicht, dass seine Freundschaft mit Alexander unbedingt ihr feierliches Finale im Schlafzimmer erleben musste.

***

Gelogen oder nicht, darauf kam es jetzt nicht an. Der erste kleine Haken saß offensichtlich. Nun musste Alexander vorsichtig das Gespräch weitersteuern, bis zu dem Punkt, den er anpeilte. Dann fiel ihm das mit der Rettung der Welt ein. Das hatte einmal ein alter Bekannter von Bertold zu diesem gesagt, als sie sich in einer Kneipe nach einem Klassentreffen gesehen hatten.

„Man kann aber nicht die ganze Welt retten. Dazu ist man auch nicht verpflichtet. Deshalb brauchen Sie kein schlechtes Gewissen zu haben, wenn Sie sich nicht um die Bettler kümmern."

„Das finde ich aber süß von Ihnen. Darüber werde ich nachdenken. Ich hatte nämlich wirklich ein schlechtes Gewissen. Die sitzen da in ihrem Elend, und ich bin auf dem Weg zu Clopperburg, um mir einen neuen Kaschmir-Pullover zu kaufen."

Er dachte bei dem Wort nur daran, wie sich ihre Brüste angenehm durch die dünne Wolle hindurch bemerkbar machen würden.

Sollte er sie bei dem im Moment verschobenen Einkauf begleiten? Sie bei der Anprobe mit Lobeshymnen beglücken? Nein, das war wohl doch zu aufdringlich. Lieber den üblichen Weg zur nächsten Verabredung einschlagen! Aber Vorsicht! Die da war doch irgendwie etwas Besonderes. Bewunderung ist immer der erste Schritt. Bewundern oder bewundern lassen. Das ist fast egal. Bei der ist die aktive Bewunderungsmethode aber delikat. Nehmen wir lieber die andere. Sich bewundern lassen.

„Italienischer Eissalon! Das wahre Italien liegt doch eigentlich in Sizilien."
„Kennen Sie Sizilien?"
„Was heißt kennen? Ich habe einmal ein paar Monate dort verbracht. Mit Wandern."
„Wandern in Sizilien! Und gleich ein paar Monate!"

Geht doch! Gleich hatte sie angebissen. Und nun erzählte er von Sternennächten, von Ziegenhirten, vom Alleinsein, vom Fastverdursten, vom unglücklichen Sichverlieben und von romantischen Gedichten. Er verschwieg natürlich, dass das schon ewig lange her war. Und er verschwieg, dass es sich auch bei dieser Geschichte um eine handelte, die ihm Bertold erzählt hatte, einschließlich von dessen Gefühlen, die er selber mit einer seltenen Begabung nachvollziehen und sogar ausschmücken konnte.

Und da war die Gelegenheit:
„Sie können wunderbar von Sizilien erzählen. Davon möchte ich gerne mehr hören."
Ihre Augen strahlten. Den Glanz nahm er dankbar wahr. Er bezog ihn auf sich. Dabei merkte er, dass in diesen Augen noch etwas anderes war, was ihm nicht ganz geheuer vorkam.

***

So saß er an diesem Spätnachmittag in dem preiswerten, aber sich gediegen gebenden Restaurant und sah durchs Fenster auf das Porphyrpflaster des weiträumigen Marktplatzes. Hier war es noch nicht durch das kalte neue Betonpflaster ersetzt worden, das sich bemühte, alle Unebenheiten auszugleichen. Das alte Pflaster hatte vielleicht etwas Verlogenes an sich, weil es eine Gemütlichkeit vortäuschte, die es in Wirklichkeit längst nicht mehr gab. Doch was trat durch das neue an seine Stelle? War die Kälte, die von ihm ausging, ehrlicher? Vor allem wurde darüber gemunkelt, dass es von der Firma eines Ratsherrn verlegt wurde.

All das vergaß er, als sie plötzlich in der Tür stand, ihn mit ihren Augen entdeckte, die ein wenig von ihrem Ernst verloren zu haben schienen. Er sprang auf und half ihr aus dem leichten Mantel, hängte ihn an den Haken. Er wusste, wie wichtig das auch in Zeiten der Emanzipation war. Trotz aller Gegenrede, auch von Frauen.

„Möchten Sie auch einen Rotwein, Frau Lichtenberg?" fragte er sie, während sie die Speisekarte studierte, die er ihr zeigte.
„Ich stehe mehr auf Weißwein. Warten Sie, ich glaube, ich bestelle ein Moussaka. Dazu möchte ich einen Retsina. Den habe ich in Griechenland auch immer sehr gern getrunken."
Moussaka ist gut. Nicht zu viel und nicht zu schwer, dachte Alexander. Aber ob ein herber Retsina eine gute Vorbereitung ist? Naja, vielleicht kann man später dann, in der Wohnung, auf einen anderen Wein umsteigen. Bertolds Abstellkammer bot da reiche Möglichkeiten.

„Sie reisen gerne nach Griechenland? Auch ein schönes Land. Aber Sie wollten mehr von meiner Sizilienreise wissen?"
Etwas abrupt der Übergang. Aber das musste jetzt sein. Sie würde es schon schlucken. Und so schien es auch.

„Wissen Sie, dass ich dort bestohlen wurde, fast mein ganzes Geld?"
„Nein! Erzählen Sie!"
Schon saß der Haken wieder. Er bewunderte sich selber wegen dieser Gabe, Bertolds Geschichte so umzuerzählen, dass sie nicht merkte vor wie vielen Jahren das passiert war, dass sie nicht merkte,

dass er sie nicht selber erlebt hatte, und dass sie von einem jungen Mann handelte, der Anfang der Sechziger per Anhalter unterwegs war. Sie durfte auch nicht merken, dass er nie in der Lage gewesen wäre, so bedürfnislos und ohne Komfort zu reisen. Innerlich schüttelte es ihn bei diesem Gedanken. Kreative Phantasie wandelte die Jugendherberge um in eine kleine, aber feine Pension in einem von der Mafia beherrschten Palermo.
„Waren Sie schon einmal auf Sizilien?"
Mit dem Wort „auf" zeigte er in einer Art gewandt-gebildeter Kennerschaft, dass ihm die Tatsache, dass es sich bei Sizilien um eine Insel handelte, stets geläufig war. Vor Beginn seiner Karriere war ihm „in Sizilien" selbstverständlich gewesen. Doch das war lange her.

In den Mittelpunkt seiner Erzählung stellte er die Vernehmung bei der Polizei, die primitiven Verhältnisse, die dort herrschten. Gerade wollte er zur Jagd auf den Täter übergehen, dessen Pistolentasche in der Pension gefunden wurde, als zwei Frauen an ihrem Tisch auftauchten, die Frau Lichtenberg fröhlich begrüßten.
„Wir wollen nicht stören", meinte die eine sogleich, eine blonde Schlanke mit einem Pferdeschwanz.
„Nein", setzte die andere hinzu, eine leicht schwitzende Dicke, „wir wollten dich nur noch mal an den Stand morgen auf dem Markt erinnern. Du kommst doch, oder?"
„Natürlich komme ich."
Frau Lichtenberg lächelte wieder ihr feines Lächeln.
„Also, bis morgen!"
„Bis morgen!"

Bevor die beiden Frauen das Restaurant verließen, warfen sie noch einen langen Blick auf Alexander. Er fühlte sich fast wie an den Pranger gestellt.
„Das sind Freunde von Amnesty", erklärte Frau Lichtenberg Alexander, als sie weg waren.
„Was ist Amnesty?" rutschte es ihm heraus, was er gleich darauf bereute.
„Sie kennen Amnesty nicht? Die Menschenrechtsorganisation?"
Ihr Tonfall und ihr Gesichtsausdruck hatten sich geändert. Nun erzählte sie ihm von ihrem Engagement und dem Stand, den sie morgen auf dem Markt aufbauen würden. Um über die neusten Gefolterten und ungerecht Eingesperrten auf der ganzen Welt zu informieren.
„Ich war schon ein wenig deprimiert. Und Sie haben mir eigentlich wieder Mut gemacht, als Sie mich in der Fußgängerzone ansprachen."
Hatte er sie angesprochen? Ihm brach ein wenig der Schweiß aus, als sie ihn fragte, ob er nicht auch Lust hätte, bei Amnesty mitzumachen. Er musste doch wieder auf seine Sizilienerzählung zurückkommen, um dann in die Weiche zur Einladung in seine Wohnung einzubiegen. Was hieß seine Wohnung? Egal.

Irgendwie schaffte er es dann doch noch, über das Stichwort Polizei auf seine Palermogeschichte zurückzukommen. Doch hatte er den Eindruck, als höre sie nur halbherzig zu.

„Stellen Sie sich das vor, wir sitzen in dem Jeep der Carabinieri und fahren durch die abgerissensten

Viertel von Palermo, schauen in schaurige Hinterhöfe hinein, wo uns die Menschen mit Fäusten bedrohen. Dort hängen Wäscheleinen quer über den Hof, und kleine Kinder spielen im Dreck......"

Sie bewunderte seinen Sinn fürs Abenteuerliche. Aber: Hatte er das wirklich alles erlebt? Ach, warum nicht!

„Diese Kirche müssten Sie sehen. San Giovanni degli Eremiti....."

Sie bewunderte die Geläufigkeit, mit der den schwierigen Namen der Kirche aussprach. Wenn sie wüsste, wie lange er zu Hause vor dem Spiegel daran geübt hatte!

„..die bloßen rosa Kuppeln und die exotischen Glocken der Yuccapalmen im Hintergrund...."

Sie bewunderte seine gestohlenen farbigen Schilderungen. Gleichzeitig schlich sich aber, ihr selber kaum bewusst, ein winziger Verdacht ein, dass da etwas nicht ganz stimmte.

Er dachte bei den rosa Kuppeln an etwas ganz anderes.

Als er dabei aus dem Fenster schaute, erschrak er. Die lange Gestalt in dem hellen offenen Mantel, die eilig am Fenster vorüberschritt. War das nicht Bertold? Unsinn! Er wollte doch auf Vortragsreise in Frankfurt sein.

Etwas verunsichert, setzte er seine Erzählung fort, schwärmte von den mosaikbesetzten Säulen im Kreuzgang des Klosters Monreale bei Palermo. Erinnerte sich an den Diavortrag, in dem Erwin ihm die Kunst der Normannen auf Sizilien vorgestellt hatte.

Und dann stand er plötzlich an ihrem Tisch.

„Hallo, Alexander!" hörte er seine raue Stimme.
„Du hier?"
„Ja, aus der Reise wurde leider nichts. Irgendwelche internen Querelen des Museums."
Mit einem Blick auf die Frau neben Alexander:
„Ich bin aber in Eile. Kannst mir gleich den Schlüssel mitgeben."

Alexander zog umständlich einen Schlüssel aus der Hosentasche und überreichte ihn seinem Freund. Der verabschiedete sich sofort. Alexander beschlich ein peinliches Gefühl. Als hätte man ihm in der Öffentlichkeit die Hose heruntergezogen. Er sah, wie Frau Lichtenberg die Szene mit weit offenen Augen verfolgt hatte. Hatte sie ihn durchschaut? Erstaunlicherweise stellte sie gar keine Frage nach Bertold. Und er wusste absolut nicht, welche Erklärung er ihr geben sollte. Er sah ihren Augen auf einmal an, dass die Wahrheit seiner Geschichten ihr schon im Ansatz offen liegen würde.

Sie schwieg lange. Dann hörte er drei Sätze aus ihrem schönen Mund, die ihn wie Keulenschläge trafen. Und trotzdem überfiel ihn nach jedem einzelnen Satz blitzschnell eine Flut von Gedanken.

„Ich muss dir etwas sagen."

Sie duzte ihn. Ein freudiges Erschrecken. Eine unverhoffte Nähe tat sich auf. Auf der anderen Seite: Wollte er diese Nähe überhaupt? Verpflichtete sie nicht? Eine Verpflichtung, die er nicht wollte. Er kam nicht dazu, sie zu fragen, was sie ihm sagen wollte.

„Ich habe dich auch belogen."

Schon wieder dieses unverhoffte Du. Aber „auch"! Hatte sie seine Lügen und seine Taktik durchschaut? Aber mit welcher Selbstverständlichkeit sagte sie das! Seine Anonymität war aufgehoben. Als hätte ihm jemand seine Tarnkappe vom Kopf gerissen.

„Was ich dir gesagt habe über den Grund meiner Kraftlosigkeit, stimmt nicht. Es waren nicht die Bettler. Der Grund ist ein ganz anderer. Das heißt, manchmal nennt man etwas als Grund, was nicht falsch ist. Es dient aber dazu, den eigentlichen Grund zu verschleiern."

Er wagte es nicht, nach diesem eigentlichen Grund zu fragen. Die Situation schien ihm völlig aus dem Ruder gelaufen zu sein.

Sie machte eine Pause, in der sie ihm tief in die Augen blickte und leicht seine Hand berührte.

„Ich habe Krebs."

Komisches Deutsch

„Sascha!" (Liebenswürdig freundlich verlockend.)
„Sascha!" (Freundlich.)
„Sascha!" (Sachlich. Ein Ton tiefer.)
„Sascha!" (Schon leicht verärgert.)
„Sascha!" (Energisch. Tadelnd.)
„Hörst du nicht?" (Strafend. Mit einem leichten Ton der Verzweiflung.)
„Nein, der hört nicht." (Das war die Nachbarin.)
„Meistens hört sie ganz gut."
„Aber jetzt hört er nicht."
„Sie sagen immer ‚er'. Sie ist aber eine Sie. Warum sagen Sie immer ‚er'?" „Weil es ein Tier ist, und kein Mensch."
„Aber Tiere haben auch ein Geschlecht."
„Das stimmt. Aber ist das so wichtig?"
„Natürlich ist das wichtig. Sie sprechen doch auch von einer Frau nicht als ‚er', obwohl sie ein Mensch ist."
„Aber ein Mädchen ist ein Es."
„Wieso?"
„Es heißt doch ‚das Mädchen', oder?"
„Ja, das stimmt. Das ist auch eigentlich falsch."
„Sehen Sie? Nicht mal bei Menschen nehmen wir das so genau. Und Sie würden Ihren Hund ja auch nicht taufen lassen."
„Wie, nicht taufen lassen?"
„Ja, würden Sie Ihren Hund taufen lassen?"
„Warum sollte ich sie taufen lassen?"
„Mich? Ich bin doch schon getauft."
„Nein, warum sollte ich Sascha taufen lassen?"
„Na, weil Sie ihn doch behandeln, als wäre er ein Mensch."

„Wie kommen Sie denn darauf?"
„Weil Sie immer darauf bestehen, dass ich von ihm als ‚sie' spreche."
„Von ihm als sie! Sie sprechen vielleicht ein komisches Deutsch."

Danksagung

Vor allem danke ich Sigrid für ihre kritische Begleitung und ihre unendliche Geduld.

Aber auch den Freundinnen und Freunden, die sich die Zeit für die Lektüre genommen und mich zum Weitermachen ermuntert haben.

Besonderer Dank gilt meiner Enkelin Luca für die anregenden Gespräche mit ihr und so manche kreative Idee.